私とラブコメしたいんですか？
2
ぶふ、
お断りし
春日部タケル
illust.悠理なゆた
このあと
滅茶苦茶
ラブコメした

「お嬢、さっきからそこでコソコソ何をやってるんだ？」
雪《ゆき》村《むら》優《ゆ》愛《あ》
君影家のメイド。二十代半ばにしてメイド長を任される、非常に有能な人物。
超毒舌にしてドS。雇い主の娘である静に対しても、一切の遠慮無しにズバズバ切りまくる。しかし、本心では静を溺愛している静大好き人間。

君《きみ》影《かげ》 静《しずか》
容姿端麗、学業優秀、スポーツ万能、性格も極めて良い上に名家の娘という完璧超人。しかし、その正体は下ネタをこよなく愛するド変態少女。ラブコメ魔法の影響で絶賛メタルギ○中。
「な、ななな、なんでもないの！
ゆ、雪村さんがお掃除してる姿、
サマになってるなーって眺めてたの、あはは！」

「本日からこのクラスの副担任になりました凛堂零です。
若輩の身ではありますが、
どうぞよろしくお願いします」
凛堂 零
凛堂《りんどう》 零《れい》
見た目も性格もスーパークール、怜悧な雰囲気を身に纏う美人教師。
しかし、本人の願望は全く正反対。可愛いものを好み、自分もキュートでありたいと思っているが、全く上手くいく気配はない。

赤城《あかぎ》大我《たいが》
文武両道で性格も良く、さらにそれなりにイケメンとかなりのハイスペックだが、極度の「ラブコメ好き」により周囲からは変人扱いされている。

現在はラブコメ魔法の解決に奔走中。

「……どうしたシフォン？」

神代《かみしろ》シンフォニア
イギリス人の父親と日本人の母親を持つ、金髪・碧眼《へきがん》の美少女。

下の名前をもじって「シフォン」の愛称で呼ばれている。

「クール」を目指しているが、全く上手くいく気配はない。

「すごい……凛堂先生超クール。おそらく私の将来はあんな風になってるはず」

「赤城さん。
貴方と私の関係は、
今、この場で終了です」

「それじゃあ、『告白』しますね……えへへ」
君影の『告白』が始まろうとしている。
彼女の覚悟に対して、
最大限の誠意をもって、
それを聞かなければ失礼だ。
俺は、君影の目を見据えた。

目次

このあと滅茶苦茶ラブコメした2

私とラブコメしたいんですか？　ふふ、お断りしますね

春日部タケル

角川スニーカー文庫

22063

口絵・本文イラスト　悠理なゆた
口絵・本文デザイン　伸童舎

第一章

1

「あ、大我《たいが》さん、おはよーございます！」

　校門を抜け、昇降口までの道を歩いていると、満面の笑みで女の子が声をかけてきた。

「こいつの名前はピュアリィ。『魔法』に関するトラブルを解決する為《ため》に空から落ちてきた天使——なんだけども、マジでどうしようもないくらいのバカで、自滅によって俺に何回もパンツを見られている」

「いや全部口に出てますけど……そういうのは心の中でやってくださいよ」

　はっ！

「悪い悪い。つい思った事が口に……」

「まったくもう、気をつけてくださいよね……ん？」

ピュアリィはそこで何かに気付いたように動きを止める。

「はっはーん」

そして、何故《なぜ》かニヤニヤしながら俺に妙な視線を向けた。

「どうした？」

「フリですね。大我さん、そう言っておけば私がまた何かおバカな真似《まね》をして、パンツを見せるハメになるだろうっていうフリですね。ふふん、そんなに私のパンツが見たいんですか。仕方ないですねぇ〜」

……頭湧いてるのか、こいつ。

「……頭湧いてるのか、こいつ」

「……頭湧いてるのか、こいつ」

「なんで二回言ったんですか！」

いや、心で言ったのも合わせれば三回だ。

「いや、お前があまりにもバカなもんだから……そもそもお前のドドリ○柄のパンツとか興味ないし」

「ドリアンですよ！　なんでピンクのトゲトゲの人のパンツはかなきゃならないんです

か！」

まあドリアンでもおかしいんだけどな……

「ふふん、とにかく私はそんなに安い女じゃないですから。好きになった人以外にはそんなにホイホイパンツ見せたりしませんので」

好きになったらホイホイパンツ見せるのかお前は……

「わかったわかった。でも今日は風が強いから気をつけろよ。以前にもお前、【ウインド】の『魔法』で自滅した事があっただろ」

「う……でもあれはあくまで『魔法』だったからです。自然の風でスカートがめくれるなんて奇跡、そうそうあるもんじゃありま――」

そのセリフの途中で、突風がピュアリィを襲った。

「ひゃあっ！」

スカートが煽《あお》られそうになり、慌てて押さえるピュアリィ。

「ほら、いわんこっちゃない」

「うう……危ない所でし――うわわっ！」

ピュアリィはバランスを崩し、尻餅をついてしまう。

「おいおい、大丈夫か？」

俺はそのドジっぷりにちょっと呆《あき》れながら手を差し伸べる。

「いつつ……ありがとうございます。ふふん、でも残念でしたね。こんな尻餅状態になってもまだ見えてませんよ。やはり美少女のパンツが見られるなんて奇跡、そう簡単に起こらないって事ですね」

「いや、だから別にお前のパンツなんて——ん？」

そこで俺は異変に気付く。

「おいピュアリィ、なんかスカートの辺り、モゾモゾしてないか？」

「へ？」

ボゴオッ！

そこで地中からいきなり何かが顔を現した。

「な、なんだこれ……モグラか？」

こ、こんな所に生息してるもんなのか？　生で見たのなんて初めてだぞ……しかも超デカい。

そして、勢いよく飛び出した巨大モグラのヘッドは、その上にあった布——スカートを、いともたやすくたなびかせた。

「ひゃあああっ！」

パンツさん、こんにちは。

ズボオッ！

モグラさん、さようなら。

「どういう事ですか！　どんな奇跡ですかこれ！　モグラにスカートめくられた女の子なんて聞いた事あります⁉」

「……いや、ないな」

「うう……こんなに何回もパンツ見られて……もうお嫁にいけません」

「いや、見えたっていってもほんの一瞬だぞ」

「……ほんとにちょっとですか？　柄とか見えてないですか？」

「天界にもイモリとかいるんだな」

「ガッツリ見てるじゃないですか！　それにイモリじゃなくてヤモリです！」

心底どうでもいい……というかお前なんでそんな柄のパンツはいてんの？……それ、どこに売ってんの？

「あっ……」

「どうしました？」

「お、おい……またスカートの辺り、モゾモゾしてるぞ」

「へ？　ど、どこですかっ！」

そこですぐに立てば問題なかったのだが、慌てたピュアリィは地べたに座ったまま、なぜかその場で一八〇度回転した。

つまりは、スカートの前側の方でモゾモゾしていたのが、後ろ側の方でモゾモゾに変わっただけ。

そして――

ボゴオッ！

「ひゃあああっ！」

パンツさん（後ろ側）、こんちには。

ズボオッ！

モグラさん、さようなら。

「なんなんですか！　このモグラさん私に恨みでもあるんですか！」

すごい……ここまでくると才能だな、これは。

「……見ましたよね」

「あ、ああ……まあでもほんの一瞬だから安心しろ」

「……ほんとにちょっとですか？　後ろ側の柄とか見えてないですか？」

「天界にもヒラメとかいるんだな」

「またガッツリ見てるじゃないですか！　それにヒラメじゃなくてカレイです！」

「お前のパンツややこしすぎるんだよ！」


「はああ……朝から最悪です」

ぶつぶつ言いながら立ち上がるピュアリィを見て、ふと気がつく。

「あれ？　そういえばお前、なんでそのドレスっぽい格好なんだ？　作業着はどうしたんだ？」

我が赤城《あかぎ》家への居候計画が頓挫したピュアリィは、派遣のバイトをしながら生計を立てている。

以前にこの派手な服装で学校に侵入し、警備員に摘《つ》まみ出《だ》された経緯があり、現在は庭木の剪定《せんてい》のバイトとして入校を許されているはずだった。

「ふっふっふ。よくぞ聞いてくれました」

ピュアリィは自信満々に人差し指を立ててみせた。

「今日はバイトお休みですからね。普通に無断で入ってきてま——」

「警備員さーん」

「食い気味で裏切らないでください！」

「いや、明らかにお前が悪いだろ。なんで休みの日まで校内に来てるんだよ」

「ふふん、そこは職務熱心と言ってください。なんといっても、『魔力』を感知できるのは私だけですからね。有事に備えて私が詰めておいた方がいいかと思いまして」

まあ感知っていっても、発動する直前に気付くだけだから大して役に立ってないけどな……

「なんですかその『まあ感知っていっても、発動する直前に気付くだけだから大して役に立ってないけどな……』的な顔は……」

「え……一言一句そのままなんだけど、読心の魔法でも使ったのか？」

「なんで合ってるんですか！　たとえそうだとしても否定してくださいよ！」

「はは、悪い悪い」

「まったくもう……大我さんはちょっとデリカシーを学んだ方がいいと思います」

いや、他の女子に対しては結構気を遣ってる方だと思うんだが、ピュアリィが相手だとついつい――

「他の女子……か」

自分の思考がきっかけとなり、一人の女の子が脳裏に浮かんでくる。

実は、昨日からずっとその子の顔が浮かんでは消えて……を繰り返している。

「ん？　どうしたんですか大我さん、急に遠くを見るような目になって」

「いや、ちょっとモヤモヤしてる事があってだな」

「モヤモヤ？」

「ああ、シフォンの事なんだけど――」

シフォンこと神代《かみしろ》シンフォニア。

イギリス人である父親の血を受け継いだ、金髪碧眼《へきがん》の少女。

『クール』や『ミステリアス』を自称しているが、本人は完全なキュート&ポンコツ属性であり、そのアンバランスさも相まって、みんなからマスコット的愛され方をしているクラスメイトだ。

そう、ただのクラスメイトのはずなんだけど――

「シフォンさん？　ああ、昨日の件ですね」

「……ああ」

天界から漏れ出した『魔力』によって引き起こされる『ラブコメ魔法』。

強制的に二人の身体《からだ》がくっついてしまったり、妙なアイテムがテレポートしてきたりと、ろくでもない事が引き起こされるものだが、心身が危険に侵されるような深刻な事態にはならない、という話だった。

――が、昨日天界にて大規模な魔力爆発が再発生。その余波によりシフォンが発動させた『ラブコメ魔法』が暴走してしまった。

それは人の心を操る、というとんでもないものだった。

「……ごめんなさい。シフォンさんや君影《きみかげ》さん、大我さんまで危険な目に遭わせてしまいました。私達、天界の問題なのにこちらの方々に迷惑をかけてしまって……」

それまでとはうって変わって、ピュアリィが神妙な表情を見せる。

「あ、違う違う。その『魔力』の大量発生って天災みたいなもんなんだろ？　そりゃあ、ふざけんな！　とは思ったけど、それでお前を責めたってしょうがないだろ」

「そう言ってもらえると助かります。神様が原因を調査中ですので、分かり次第お伝えします」

神様……『どもども、神でーっす』とかいうノリのあいつだよな……そもそも本当に神なのか未《いま》だに信じられないが、『魔力』に関しては俺が考えてどうにかなるもんじゃないから、任せるしかない。

「いや、モヤモヤっていうのはそこじゃなくて、俺の個人的な話なんだ」

「個人的……ですか？」

すったもんだの挙げ句、暴走した『ラブコメ魔法』はなんとか解除して事なきを得た。

すっきりしないのはその過程での一場面だ。

昨日の夜からもう何回も繰り返してるけど……その時の情景をもう一度思い起こす。


あ、あれ……なんだ、これ？

シフォンの顔を見たその瞬間、心臓がどくん、と高鳴った。

それは生まれて初めての感覚だった。

強いて言えば、小さい頃にラブコメを読んだ時、ヒロインに対して抱いたものに近いような——いや、それよりも遥《はる》かに強い何かだ。

これってもしかして……

その答えが見つかりかけた所で——


「その後、一時的な貧血で倒れちゃって……微妙に記憶がないんだよな。意識を失う瞬間、自分が何を考えてたのか」

俺は、その時の心情をピュアリィに説明していた。ちょっと恥ずかしい内容だったが、このまま一人で考えていても埒《らち》があかないからな。

「どう思う、ピュアリィ？」

「あの、倒れちゃって大変だったのは分かりましたが……今のどこにモヤモヤする要素が？」

「だから、俺がシフォンに対して抱いた感情がなんなのか分からなくて、モヤモヤしてるんだ」

「……は？」

ピュアリィが、ＵＭＡでも発見したかのような視線で俺を見ていた。

ここまで『……は？』感のある『……は？』を人生で初めて聞いた。

「シフォンさんの顔を見た瞬間、心臓がどくん、てしたんですよね？」

「ああ」

「ラブコメ大好きの大我さんが――ラブコメと同じシチュが現実に起こらないかなー、なんてイタい妄想をするくらいにラブコメ好きの大我さんが――そのヒロインに抱くのより強い感情を、シフォンさんにもったって事ですよね」

「表現にひっかかる所はあるが……まあそうだな」

「いや、それってもう答えじゃないですか？」

「なんの？」

「……それ、本気で言ってます？」

ピュアリィは、まるでホラー映画を観《み》ているかのような目をしていた。

「待って……ちょっと待ってください大我さん」

そう言って額に手を当てながら天を仰ぐピュアリィ。

「百歩……百歩譲って、相手からの気持ちに鈍感なのはまあよしとしましょう……でもなんですか、自分の気持ちにすら自覚がないって……そんなの聞いた事ありませんよ」

「自分の気持ち？」

「……………………………………………………大我さん、よく聞いてください」

しばしの沈黙の後、ピュアリィの目に決意の色が宿る。

「お、おう……」

「これがもしラブコメだったらタブー中のタブーですし、現実だとしてもあまり褒められた事じゃないと思いますが……このままはぐらかしていても誰も幸せになりませんので、言わせてもらいますね」

そして、すうう、深呼吸してから、ゆっくりと口を開いた。

「あなたは、シフォンさんの事が好きなんです」

「…………え？」

その言葉は、耳を通り抜けて、俺の身体の中で何度も反響した。

「俺が……シフォンの事を好き？」

「……はい」

この上なく真剣に頷《うなず》くピュアリィに対して俺は——

「わははっ！」

「笑っちゃったよこの人！」

信じられない！　とでも言いたげな様子のピュアリィ。

「いや、だってお前……それはいくらなんでもありえないだろ」

「いやいやいや、それはこっちのセリフなんですが……どうしてそんな反応になるのか全く意味が分かりません」

「だってお前、今の俺、なんか胸が締め付けられるような感じで、妙に切ないというかもどかしいというか……そんな感じなんだぞ」

「いやいやいや！　完っ全に！　疑う余地無く！　百％恋じゃないですかそれ！　大我さんの好きなラブコメにだって、いくらでもそういう描写あるでしょ？」

「おいおいピュアリィ、フィクションと現実を一緒にするなよ」

「本日のお前が言うなスレはここですか！」

なぜか極度の興奮状態にあるピュアリィ。

「リアルの恋っていうのはだな、もっとこうワクワクしてハッピーでたまらなくなるもんなんだ。こんなモヤモヤしてるのが恋な訳ないだろ」

「…………………………あんぐり」

口に出して『あんぐり』って言った奴《やつ》人生で初めて見たな……

「そ、そんな事ある訳ないじゃないですか！　いくらなんでも頭がお花畑すぎます！」

「いや、お前の夢がなさすぎるんだって」

「そんな事ありません！　現実にだって切なくてたまらなくなるような恋は存在しますよ！」

「たとえば？」

「え、えーっと……自分では絶対にやりたいと思いませんが、不倫の末の略奪愛とか」

「そんなのは真実の恋じゃない」

「めんど臭いなコイツ！」

テンションが振り切れて口が悪くなるピュアリィ。

「そ、そうだ！　片思い！　片思いは切ないじゃないですか！　あれは間違いなく本物の恋ですよ！」

「いや、たとえ成就しなかったとしても、その人の事を想《おも》っている時の心は、宝石のように輝いている……人はそれを幸せと呼ぶんだ」

「呼ばねえよ！」

ツッコミキレッキレだな……まあ内容は的外れだけれども。

「ともかく、お前が何と言おうとこんな気持ちは、俺が考える恋じゃないんだ」

「大我さん以外の全人類はそれを恋と言ってるんです！」

「ふう……完全に平行線だな」

「いや、大我さんに交わる気がゼロなんじゃないですか……」

疲れ切ってゲッソリしているピュアリィ。

「あ、そうです！　あれを見せてくださいよ『ラブコメマスター』！　私の勘ではあの時の解除条件が非常に怪しいです」

『ラブコメマスター』──それはあのチャラ神が開発した、『ラブコメ魔法』を解除する為《ため》の補助アプリだ。

「それはいいが、あんまり参考にならんと思うぞ」

俺は『ラブコメマスター』を起動させて、スマホをピュアリィに手渡した。

「参考にならない？……どれどれ、ちょっと拝見しますね」

彼女がのぞき込んだ画面に表示されていたのは──

『ラブコメマスター　更新』
新たな『ラブコメ魔法』の発動を検知
【魔法　チャーム】×【ラブコメ　女の子の笑顔】
『解除方法
『ラブコメ魔法』は発生とほぼ同時に解除されました。

「……あれ？　なんで解除方法のところ、消えてるんですか？」

「いや、俺が意識を取り戻した後に、今のお前と同じようにシフォンが見せてくれって言い出して……なんか慌てた感じで『ごめん』って言いながらその部分を削除しちゃったんだよな……まあもう解除されてたからいいんだけども」

「ああ、やっぱりそれ系の解除方法だったんですね」

「それ系？」

「ですから……いや、いいです。もう大我さんに何を言っても無駄な気がしてきました。むしろ、その異様なまでの思考の原因を探る方が重要ですね……はっ！　分かりました、トラウマですね。中学生の時に、人間の姿をした神様に恋愛に対するトラウマを植え付けられて、無意識に恋愛を避けるようになっちゃったんですね」

「一体なんの話をしてるんだお前は……」

「いや、だってなんか理由がなくちゃ、ここまで歪《ゆが》んだ性癖になる訳ないじゃないですか」

「性癖ってお前……」

「はああ……これじゃあシフォンさんがあまりにかわいそうです」

ピュアリィが深く息を吐いたそのタイミングで——

「あ、大我とピュアリィちゃんだ」

当の本人が姿を現した。

2

「お、これはちょうどいい所に！　シフォンさんおはようございます」

「うん、おはようピュアリィちゃん」

「お、おっす……おはようシフォン」

「お、おはよう……大我」

な、なんだ？　シフォンの顔見たら急にまた胸の辺りがモヤモヤしだしたぞ。

「き、昨日は私のせいで危ない目に遭わせちゃってごめんね……それと、助けてくれてありがとう」

「お、おう、気にするなよ……俺は俺のやりたいようにやっただけだから」

昨日、念《ねん》の為《ため》シフォンの家の近くまで送ってった時も、こういう微妙な雰囲気だったんだよな……

「…………」

「…………」

う……会話が続かない。シフォンは決して活発に喋《しゃべ》る方ではないけど、俺とは妙にウマ

が合って、話題が途切れる事なんてなかったんだが。

「わ、私は一体何を見せられてるんですか……端からしたら『もう結婚しちゃいなよＹＯＵ』としか言えない状況なんですが……」

ピュアリィが呆《あき》れた感じで何かを呟《つぶや》いているが、全く聞き取れない。

「あ、あのね、大我……」

「お、おう……」

「こ、これはっ……が、頑張ってくださいシフォンさん……応援してます！」

「昨日、カラムーチ○食べながらクールでいられるかの実験したけど、無理だったの」

「ズコーッ！」

ピュアリィがマンガみたいな感じでずっこけた。

「ち、違いますよね！　シフォンさん、それ絶対言いたかった事と違いますよね！」

「だ、だって……」

「ああもう……ほんとはこんなお節介は嫌いなんですけど、もうもどかしすぎて見てられません！　シフォンさん、大我さんは昨日のシフォンさんを見て、心臓が高鳴ったんですって。身体も熱くなってたんですって！　その気持ちの正体を教えてあげてください！」

「そ、そうなの？」

シフォンは驚いたようにピュアリィを見やる。

「そうです。シフォンさんはその答えを知ってるはずです。そして、それを大我さんに気付いてほしいと思ってるはずです」

「そ、そう……だね」

「ですよね。でしたら今、この場で教えてあげてください！　流石《さすが》に本人の口から聞けばこのニブチン我《が》も納得するはずです」

なんだよニブチン我って……

シフォンは、わかった、と呟くと、俺の方に向き直って、深呼吸をした。

「すうう……はああ……………あ、あのね、大我……」

「お、おう……」

「…………実はあの時、大我もカラムーチ○食べてたのかな」

「ズコーッ！」

ピュアリィが再びマンガみたいな感じでずっこけた。

「いやいやいや、待ってくださいシフォンさん！　違うでしょ！　そうじゃないでしょ」

そして、シフォンの袖を引っ張って、俺から少し離れた所につれていき、ヒソヒソやり出す。

「あの人、他人からの好意どころか、自分の他人への好意すらも気付いてませんよ。はっきりと言ってあげないと絶対気付きませんって！　というかさっき、私がはっきり言ったのに気付かなかったですから……」
「う、うん……でも、そういうのは無理矢理《むりやり》じゃなくて、自分で気付いてもらわないと意味がないかなって……」
「シフォン……奥ゆかしい子っ！」

なんかピュアリィが白目を剝《む》いて、アホみたいなリアクションをとっているが、会話の内容は全く聞こえない。

「ありがとう、ピュアリィちゃん。大我が私の事、好きになってくれたかもしれないって分かっただけでも十分だから。私からの気持ちにしたたって、大我ははっきりと『好きです』って言わないと気付いてくれないっていうのは分かってるの。大我に自覚がない以上、今はまだ片思いみたいなものだけど……それでもいいの。なんか今、自分の気持ちが宝石みたいにキラキラしてる気がするの」

「似たもの夫婦か！」

今の叫びだけは聞こえたけど、意味は全く分からない。

「え？　どういう意味？」
「い、いえ、こっちの話です……まあシフォンさん本人がそれでいいっていうのなら、私はこれ以上口出しはしません」
「ありがと。なんかウジウジしててごめんね」
「い、いえいえ。でも少しだけ心配なのは……大我さん、ラブコメ関連を除けば普通にモテそうですからね。あまりにも控えめだと、他の人にとられちゃったり――」

「あらあら、皆さんお揃《そろ》いですね」

不意に、横から声がした。

かけられた声に振り返ると、そこに佇《たたず》んでいたのは、見事な艶を放つ黒髪が印象的な少女。

「お、君影か」

彼女の名は君影　静《しずか》。

頭脳明晰《めいせき》、容姿端麗、スポーツ万能の三拍子――どころではなく、それ以外の無数の拍子も揃いまくった完璧超人だ。

人当たりもよく、茶目《ちゃめ》っ気《け》も併せ持った良家のお嬢様――そんなスペックを誇る人間がモテないなんて事が存在するはずもなく……校内の男子人気をシフォンと二分しているような状態だ。

人の心を摑《つか》むその魅力は、異性のみならず同性に対しても遺憾なく発揮され――現に今日も、君影の周りは取り巻き達で溢《あふ》れ返っていた。

「御前《ごぜん》、今日も本当に素敵です」

「ふふ、ありがとうございます。光栄です」

「静様、私のタイはまっすぐでしょうか？　まっすぐではありませんよね？　是非ともご指摘を」

「あらあら、タイが曲がっていてよ」

「ありがとうございますううううっ！」

こんなフィクションみたいなお姉様的会話が、日常的に行われている。

この君影親衛隊の、彼女に対する心酔っぷりは半端ではなく、もう半ば神格化されているような状態だ。

それ故に、下手に彼女に近づこうとする男子がいようものなら……それはもう徹底的に排除される。

「赤城さん、ごきげんよう」

「おう、おはよう」

相変わらずその笑顔は完璧で、慈愛と包容力に満ち溢れていた。

普通なら、君影がこのように男子に笑顔で挨拶しただけで親衛隊の面々の表情は強《こわ》ばる。

だが、ラブコメ好きでリアルの女の子に興味が無いとされている俺は、彼女達からの風当たりが幾分弱い。

いや、それもどうなんだとは思うけど……君影とはそれなりに話す機会が多いから、そう認識されているのは助かっている。

そんな訳で、日常的な会話をする位ならなんの問題もな――

「いきなりですが、秘密のお話がございます。少し、お耳を拝借してよろしいでしょうか」

「「「「――っ⁉」」」」

メンバーの表情が、一変する。

それまで人畜無害な羽虫を見るようだった視線が、一瞬にしてまるで親の敵みたいな感じに……怖い。

とはいえ、ここで頑《かたく》なに拒否するのも変な話。

「いや……別にいいけども……」

俺が躊躇《ためら》いがちに首肯すると、君影は優雅に歩み寄ってきて、俺の耳元に自分の唇をそっと寄せた。

そして――

「ぶふうっ！」

俺はたまらず吹き出してしまった。

「……何、赤城君」

親衛隊の一人、伊藤《いとう》が訝《いぶか》しげな顔で俺を見る。

「い、いや、だって君影がだな…………………いや、なんでもない」

言えるはずがない……というか言っても信じてもらえる訳がない。

あの君影静が――

『今から十分後、屋上にフルチ○でいらしてください。私は全裸でお待ちしております』

……とか言ったなんて。

――そう。清楚《せいそ》オブ清楚みたいに振る舞っているのは全て偽り。

本当の君影静は、下ネタをこよなく愛する最低のド変態なのであった。

しかし、その本性を現すのは俺の前でだけ。

その卓越した演技力を駆使した擬態スキルは半端ではなく……俺以外の誰一人として彼女が大和撫子《なでしこ》である事を疑っていない。

逆に言えば、こいつの俺に対する下ネタは日常茶飯事なんで、別に驚くような事じゃないんだけど……まさかこんな所でかましてくるとは思わなかった。

「お姉様、一体なにをお話しされたんですか？」

あなたのお姉様は、ナニの話をしておられましたでございますの事よ。

「ふふ、内緒です。あまりオープンにできるお話ではありませんので」

チン○をフルオープンにしろと言ってましたが、たしかにオープンにはできませんね。

――というツッコミはさておいて、そんな思わせぶりな事言ったら……

「「「「…………」」」」

怖い……親衛隊の皆さんの無言の視線がガチで怖い。

き、君影の奴《やつ》、なんでそんな煽《あお》るような真似《まね》を……


「ああっ！」


そこで横から素っ頓狂な声が飛んできた。

「ど、どうしたんだピュアリィ」

ピュアリィは俺のすぐ傍《そば》まで寄ってきて、耳打ちする。

「ま、まずいです……この感じ、静さんからまもなく『ラブコメ魔法』が発動します」

「マ、マジか……具体的にはあとどのくらいだ？」

「うーん……そこまで正確には分かりませんが、おそらくあと十分くらいかと」

お、今回は直前の感知じゃなくて、多少余裕があるな……そして、君影が屋上に来いと指定してきた時間と被《かぶ》る。

よかった。不幸中の幸いだ。こんな大勢の前で発動してしまうより、一対一の方が遥《はる》かに対処しやすい。

どちらにせよ、早急に本人にその事を伝えなくては。

「君影、例のアレがあと十分くらいだそうだ」

親衛隊の手前、『ラブコメ魔法』という単語は出さない方がいいだろう。

「はて、アレとは一体なんの事でしょう？」

え？　通じてない？　察しのいい君影の事だから、絶対伝わると思ってたんだが……

「赤城さん、もう少し具体的におっしゃっていただけますか？　皆様に聞かれてはいけない内容であれば、耳打ちでもいいですよ」

にっこり。

ぐ……こいつ、分かってて言ってやがる。

射殺《いころ》さんばかりの視線に晒《さら》される俺を見て、楽しんでやがるな……くそ、ほんとに性格が悪い。

……だが、いつもいつもお前の思い通りになってたまるか。

「ピュアリィ。君影に耳打ちで教えてやってくれ」

「へ？　あ、はい、分かりました」

親衛隊は、女子に関しては排他的な要素は一切なく、君影好きの人間であれば来るもの拒まずだ。ピュアリィに代理で伝えてもらえば、何の波風も立たない。

ふっ……君影、今回は思惑が外れたよう――


「ちょっといいかな」


「へ？」

そこでピュアリィの背後から現れたのは――

「ひっ……」

ピュアリィの天敵、いつもの警備員氏だった。

「ピュアリィ君。その格好は一体どういう事だね」

「うっ……」

この人は、ピュアリィが校内で為《な》すべき事があるという事情を理解し、応援するとまで言ってくれた男気のある人だ。

だがそれはあくまで、正式な手続きを踏んで入校した上でなら、ある程度の行動を黙認するという話だ。

今日のピュアリィが不法侵入者だというのなら、彼は職業倫理に則《のっと》ってその排除をしなければならない。

「ち、違うんです！　いつもの作業服で入ってごまかそうとしたんですけど、丁度洗濯しちゃってて……」

自ら姑息《こそく》な工作をしようとしていた事を白状するバカ。

「ほう……この私を騙《だま》そうとしたと」

「ち、違うんです！　えーっと……えーっと……そ、そうだ、私、この格好で来たせいでパンツ見られたんです！　かわいそうでしょ？　だから見逃してくれたりしません？　ね？　ね？」

……バカすぎる。

「ほう……不法侵入の挙げ句、校内で破廉恥な真似をしていたと」

「ち、違うんです！　事故です！　あれは不幸な事故……いえ、事件です！　自分でやったんじゃなくて犯人がいるんです！　私よりもスカートめくり犯を捕まえてください！」

「ほう……それは誰だね」

「モグラさんです」

「馬鹿にしてるのか貴様！」

「ひいいいいいいいいいいいいいいっ！」

ずるずると引きずられて連行されていくピュアリィ……馬鹿すぎる。

「あらあら、ピュアリィさんは相変わらず賑《にぎ》やかですね」

頬《ほお》に手をあてて、のほほんと見送る君影。

……いやお前、そんなのんびりしてる場合じゃないからな。『ラブコメ魔法』の発動が迫ってるんだぞ。

「それで、アレとは一体なんでしょうか？」

……まだ続けるのか、それ。

「……いや、大した内容じゃないから気にしないでくれ」

どうせ君影とは屋上で落ち合う事になってるし、そもそもとぼけてるだけで、『ラブコメ魔法』の件だって絶対伝わってるしな。

ここは余計な事は言わずに退散するのが正解で——

「もしかして、私の先程の『告白』に対する返答を、あと十分くらいでいただけるという事でしょうか？」

「ぶふうっ！」

いきなりの爆弾投下に再び吹き出す俺。

「「「「……告白？」」」」

開いてますよ！　親衛隊の皆さんの瞳孔が開いてますよ君影さん！

「ふふ、冗談ですよ。皆様と赤城さんを少しからかってみただけです」

「はあ……御前《ごぜん》、心臓に悪いからやめてください」「そ、そうですよ……私、ショック死するかと思いました静様」「私はもうちょっとで赤城君を○す所でした」

最後の奴なんて言った⁉

……仮にこれから先、君影がガチで好きになるような男子がいたとしたら、この親衛隊達にどんな目に遭わされるか……そいつの事がかわいそうでならない。

「君影さん……もしかして私と同じ？」

そこで、後ろからシフォンの声が飛んできた。

「どうしたんだシフォン？　君影の何がお前と同じなんだ？」

俺からの問いかけに、はっ、としたような表情になるシフォン。

「あ、ううん、咄嗟《とっさ》に出ちゃった独り言だから気にしないで。ごめんね、君影さん」

「ふふ、何の事かは分かりませんが、お気になさらず。赤城さん、神代さん、それではまた」

君影はいつも通りの悠然とした笑顔を見せ、親衛隊を引き連れて昇降口の方へと向かっていった。

ふう……さっきの親衛隊のセリフじゃないけども、あいつと絡んでいると本当に心臓に悪い。

「ったく……」

うんざりしながらその背中を見つめる俺に、シフォンからの声がかかる。

「大我、私達も教室行こ」

「お、そうだな」

余裕をもって登校してるから、始業までにはまだ大分時間があるが、俺も早いとこ屋上に向かわなきゃならない。

『ラブコメ魔法』も止めなくちゃならないけど、君影が俺を呼び出した理由も気になる所だ。

まさか本当に俺にフルチ○になってほしい訳じゃあるまいし……いや、君影ならそう言い切れないのが恐ろしい所だ。

自分も全裸になるとか言ってたのは、さすがに冗談だろうけども。

「御前、どうしたんですか。空を眺めて何か考え事でも？」

そんな事を考えながら昇降口に向かっていると、前を行く君影と親衛隊の会話が耳に入ってきた。

「あら、申し訳ございません。少々昨夜の家での事を思い出しておりまして、ぼーっとしてしまいました」

家での事……か。

君影の父親はあの君影宗一郎《そういちろう》だ。

冷静沈着、即断即決にしてその判断力は正確無比。表情を変えずに淡々と仕事を遂行し、未来の総理候補とも目される政界の俊英。

表向きの君影は、その名家の娘として完璧な振る舞いをしていると言えるだろう。

だが、俺は彼女の本性がそうではない事を知っている。

……あいつ、家では一体どんな感じなんだろうな？

3

時間は遡り——昨夜の君影邸。

私は絶望のあまり、四《よ》つん這《ば》いになって頭《こうべ》を垂れていた……すっぽんぽんのままで。

なんで……なんでこんな事になっちゃうのぉ……

「お、終わった……」

『ラブコメ魔法』によって私は、強制的にすっぽんぽんにされてしまっていた。おまけに、謎の力に阻まれて、どう頑張っても服を着る事ができない。

私が『ありのままの私を、大我君に見てもらいたい』と強く願った瞬間、この『ラブコメ魔法』が発動した。

……という事は、私の『ありのまま』を見てもらうまでこのまま？……そんなの死刑宣告に近いよぉ。

だって……だって私がこんなコミュ障で人見知りで陰キャだって知られたら、大我君に嫌われちゃうもん。

そりゃあ……今の下ネタキャラだって引かれてるかもしれないけど……それでも本性がバレるよりは百倍いいよ……私は大我君と、今のままの関係性を保ちたい。

……………駄目。

さっき見た、大我君とシフォンちゃんの様子が脳裏に蘇《よみがえ》ってくる。

まるで恋人みたいな様子で一緒に帰ってる二人……私がグズグズしてたからだ。

シフォンちゃんは素敵な女の子。私が大我君に想《おも》いを伝えた所で、絶対に敵《かな》うはずはない……それは分かってるの。

でも……でも、本当の気持ちを伝えないまま大我君を諦めるなんて、できない。

…………言おう。私の『ありのまま』を伝えよう。明日、学校で。

「…………ん？」

私はそこで、根本的な事に思い至る。

このすっぽんぽん状態で……どうやって学校に行くの？

「お、終わった……」

私の人生は、今ここで終了した。

ふ、ふえぇ……もう部屋から一歩も出ずに、ニートとして過ごしていくしか道がない
……人見知りだからこそ、せめてそういう部分ではちゃんとしようって死ぬ気で頑張って、
小学生からずっと皆勤だったのに……私が引きこもりなんてなったら、もう生きてる価値
がないよぉ……

「――っ！」
そこで私は、もっと差し迫った問題に直面する。
……おトイレいきたい。
待って……でもまだ大丈夫。
たった今尿意を感じ始めた所だから、まだ時間的余裕はある。
「…………………………………………………………
…………………………………………………………
…………………………………………………………
…………………………………………………………
…………………………………………………………
……………………………………………………もう無理」
ですよね……我慢した所で問題の先送りにしかなりませんよね。
明日、大我君に『ありのまま』を見てもらうまで堪えるなんて……できるはずがない。
……部屋から出るしかない。
「……よし、大丈夫」

ドアの隙間からこっそりと廊下を確認する。

私の家は、大きい。

もはや家というよりも、お屋敷と言ってしまった方がしっくりくるような広さだ。

別に自慢とかでは全然ないんだけど、お父さんが、あの君影宗一郎であるからして、メイドさんや執事さん、コックさんが常駐してたりするくらいの規模であって……つまり何が言いたいかというと——トイレまでそれなりの距離がある。

そして時刻はまだ午後の七時過ぎ。みんなまだ、余裕で仕事をしている時間帯だ。

私はさすがに家の中では『擬態』してない。勤めてくれている人達の大半はもう長年の付き合いで、私が陰キャだという事も把握してる。半分家族みたいなものだから、全然気を遣う事はないんだけど……それにしたってすっぽんぽんは完全にアウトだ。

見つかる＝死だ。

ちなみに毛布であれば羽織れるかとも思ったけど、やっぱり謎の力に弾《はじ》かれて駄目だった。衣類であるかどうかは関係なく、私のすっぽんぽんを隠せるようなものは全て拒絶されるシステムみたい……

お願いスネー○。私に力を貸して。

心の中でステルス潜入のプロに祈りを捧《ささ》げ、意を決して部屋を出る。

「………」

音を立てないように細心の注意を払いながら、壁伝いに少しずつ進む……うう、大理石でお尻が冷たいよぉ。

どうにか曲がり角まで進んだ所で、ちょっと顔を出して確認を――

「っ⁉」

メイドの雪村《ゆきむら》さんの姿が目に入り、私は慌てて顔を引っ込める。

いつもクールな雪村さんは、手慣れた様子で黙々と壁を磨いていた。

ま、まずい……ここは一度部屋に戻らなきゃ。

私はそう思い振り返って――

「っ⁉」

私の部屋の向こうの曲がり角から、今度はベテランメイドの斎藤《さいとう》さんが姿を現した。

い、いきなり詰んじゃった！

私は反射的に、傍《そば》にあった――奇《く》しくも――裸婦像の陰に身を隠す。

でも、裸婦像と壁の間にほぼ隙間はなく、その後ろには隠れる事ができない。

つまり斎藤さんが目の前を通過した時点で――全てが終わる。

ど、どうしようどうしよう！

斎藤さんは私が生まれた時から面倒見てくれてる、第二のお母さんみたいな人で、私の将来を心から案じてくれている、優しい人。

いつもの斎藤さんの言葉が、脳内でリフレインする。

『お嬢様。あなたは本当に素晴らしい方なのですから、もっと自信を持ってください。大丈夫、素の自分をさらけ出しても好きでいてくれる方は、たくさんいますよ』

そ、そうだよね……そんな風に言ってくれる斎藤さんだから、この姿を見ても受け止めてくれ——る訳ないよ！

物理的にさらけ出してどうするの！

雇い主の娘が、裸婦像の横ですっぽんぽんになってたら腰抜かすよ！

そうこうしている内に、斎藤さんの足音が近づいてくる。

う、うあああああ！　まずいまずいまずい！

タイムリミットは十秒を切った。

どうするの……ほんとにどうするのこれえええええええっ！

万事休す状態に頭を抱えた所で——

「あら、絨毯《じゅうたん》のこんな所にシミが……ほとんど目立たないけど、業者さんに修繕を頼まなきゃ」

斎藤さんがかがむ、衣擦《きぬず》れの音がした。

せ、千載一遇のチャンスッ！

そう考えた時には、既に私の身体《からだ》は反射的に動いていた。

そして数秒後――


「…………」

斎藤さんは無言のまま通り過ぎていった。

私の真下を。

斎藤さんの注意が下に逸《そ》れた瞬間、私は渾身《こんしん》の力を込めて、壁を這《は》い上がった。

与えられた天性の運動神経にものを言わせ、大理石の繋《つな》ぎ目《め》の所に指をかけ、フリークライミングの選手顔負けの速度で……そして完全な無音で天井部分まで達した。

そして、ライトが設置されていないシーリングの突起部分を摘《つ》まみ、スパイダーマ○よろしく天井にぴたりと張り付く。

「…………」

斎藤さんはそのまま私に気付く事無く、雪村さんが掃除をしている方向へと曲がっていった。

た、助かっ……た。

私は壁を伝って裸婦像の横まで降り、力尽きて大の字に寝そべった。

し、死ぬかと思った……

「はっ……はっ……」

極力音を出さないように乱れた呼吸を整え、なんとか立ち上がる。

一回部屋に戻って態勢を立て直そうかとも思ったけど……もうおしっこがヤバい。

先程の壁際までそそくさと移動し、そーっと様子をうかがう。

「うう……」

残念ながら、雪村さんはまだ掃除の真っ最中だった。

私が無事にトイレに辿《たど》り着《つ》くには、どうしてもここを突破しなくちゃならない。

正直……無理ゲーだ。

雪村さんは、二十代半ばにしてメイド長を任されている、超仕事のできるスーパーウーマンだ。

斎藤さんはもうお婆《ばあ》ちゃんと呼んでも差し支えのない年齢だから、なんとか気付かれなかったけど、さっきのが雪村さんだったら確実に天井全裸蜘蛛《くも》女は捕捉されてた。

ここからは、少しでも気を抜いたら見つかると思った方が——

「お嬢、さっきからそこでコソコソ何をやってるんだ？」

もう見つかってたあああっ！

雪村さんは壁の掃除を続けたまま、こちらを一瞥《いちべつ》もせずに私の気配を察知したらしい。

「な、ななな、なんでもないの！　ゆ、雪村さんがお掃除してる姿、サマになってるなーって眺めてたの、あはは！」

「……怪しい」

ひっ！

「お嬢がキョドってるのはいつもの事だが……今日は輪をかけてキモい」

「うぐっ……」

雪村さんは基本、毒舌だ。

一応、この家に雇われてる立場のはずなんだけど、私に対しても一切の情け容赦なく、ズバズバ斬りまくってくる。

「ふん、私に隠し事とはいい度胸だ。お嬢、すぐに行くからそこを動くなよ」

ぎゃあああああっ！　最悪の展開だ！

「ご、ごめん無理！」

私は瞬間的に、脱兎《だつと》の如《ごと》く駆け出していた。

短距離走には相当の自信がある私だけど、雪村さんも相当速い……というか、彼女のはなんか世界観が違う。

なんかたまに目視できないくらいのスピードで動いたりするし、完璧な隠密《おんみつ》スキルで音も無くいきなり背後に立っていたりする……忍者の末裔《まつえい》か何かなんだろうか。

と、とにかく本気で逃げないと追いつかれる！

部屋に逃げ込むという選択肢は……無しだ。

私の部屋には鍵が備え付けられていない。そこに隠れた事を察知されたら、開けられて即ジ・エンドだ。

という事で自室のドアを素通りし、先程斎藤さんが歩いてきた方に向かって全力疾走を開始する。

トイレからは逆方向に進んでるし、絶望的な状況だけど……もうこれしか選択肢がない。ちょっと遠くなるけど、このルートからでも回れる、別のトイレに向かうしかない。そこまで誰にも遭遇しない事を祈るしかな――

「お嬢……様？」

曲がり角の先には、先日入ったばかりの新人メイド、前田《まえだ》さんの姿が。

「ぎ、ぎゃあああああああっ！」

「き、きゃあああああああっ！」

ギャグっぽい私の悲鳴と、かわいらしい前田さんの悲鳴がユニゾンする。

み、見られたあああああああっ！

「お、お嬢様……な、なんでそんな格好をっ……」

前田さんは超ドン引きした様子で私の方を見ている。

「ご、ごめんなさいごめんなさいいいいっ！　これには深い訳があるんですうううっ！」

テンパッた私は前田さんに背を向けて、全力で今来た方向へ逃げ——

「お嬢……一体何をやっているんだ」

「ぎゃあああああああああああっ！」

当然、こちらへ向かってきていた雪村さんと鉢合わせする訳で。

お、終わった……

これから先、私は一生メイドさん達の間で、全裸で全力疾走していた奴《やつ》として嘲笑され続ける事になる。

「うううううう」

私は頭を抱えてうずくまった。

「お、お嬢様、どこかお身体の具合が悪いんですか？」

「惜しいな前田。悪いのは身体ではなく頭だ」

優しい前田さんと、辛辣にも程がある雪村さん。

うう……でもしょうがないよね。たしかに端から見たら、頭がどうかしているとしか思えないもん。

「前田、この事は他言無用だぞ」

「は、はい……誰にも言えません。お嬢様がこんな格好をなさっていたなんて」

ですよね……

「で、でもお嬢様、こんな衣装、一体どこから用意なさったんですか？」

へ？…………衣装？

「ああ、これはお嬢の趣味でな。いわゆるコスプレというやつだ。しかもかなりディープなアニメのな」

へ？……コスプレ？

そこで私は、ようやく自分の状態に気付く。

「私……服……着てる？」

さ、さっきまで間違いなく全裸だったはずなのに……

私は立ち上がり、改めて状況を確認する。

着てる……布地こそ極端に少ないけど、たしかに服を身に纏《まと》っていた。

「た、助かっ……た……」

全身の力が抜け、ふにゃふにゃとへたり込む私。

……でもなんで？　『ラブコメ魔法』は条件を満たさない限り、解除される事はないはずなのに……私、まだ大我君に『ありのまま』を伝えられてないよ？

「あっ……」

もしかして、ピュアリィちゃんの言ってた『フライング』っていうやつかもしれない。

シフォンちゃんの時も本チャン前に発動して、勝手に引っ込んだって話だったし……

だとすれば、根本的な解決にはなっていないけど……取《と》り敢《あ》えずこの場の危機は脱したって事だよね？

「はあああああ……」

私は安堵《あんど》のあまり、深く息を吐く。

「よかったあ……これで一安心――」

「おい」

頭上から、地の底から響くような声が聞こえてきた。

「ひっ！」

見上げると、能面のような無表情の雪村さんが。

「なにやら勝手に自己解決しているようだが……ビキニアーマーで邸内を全力疾走する事のどこが一安心なのか、私にも分かるように説明してくれるか、お嬢」

怒ってる……この感じはとても怒ってらっしゃる！

そ、そうだった……全裸じゃなかった事に安心して感覚がおかしくなってたけど、アニメ『深夜戦隊ギリギリジャー』の戦闘衣装は雪村さんの言葉通り、ほぼビキニアーマー……十分変態の域だった。

「私が旦那様からお嬢の教育係も仰せつかっている事は知ってるよな……で、これが君影宗一郎の娘として相応《ふさわ》しい振る舞いだと思うか？」

「……ギ、ギリギリセーフ？」

「そこに直れ」

「はいいいっ！」

私はほぼ条件反射で正座の体勢になる。

「前田。私はこれからお嬢に教育を施す。お前には目の毒だから業務に戻ってくれ」

「は、はい……」

私は一体何をされるんでしょうか……

「さて……と」

前田さんが去り、だだっ広い廊下に私と二人っきりになった雪村さんは、絶対零度の視線を私に向ける。

「私も旦那様も、お嬢を過度に束縛する気はない。それは分かるよな」

「う、うん……大分自由にやらせてもらってると思う」

「そうだな。君影家令嬢として、最低限度の節度を守っていれば何も問題は無い。そして私も、お嬢は根暗でキモい所はあるにせよ、そういう分別はつく人間だと思っていた」

……悪口の部分、必要あるかな？

「だがなんだこの有様は。お嬢は一体何がしたい？」

「…………おしっこ」

「喧嘩《けんか》売ってるのかお前」

「ぎゃあああああっ！　アイアンクローやめてえええええ！」

ほんとなんだってば！　ホントに限界なんですうううっ！

「……で？」

なんとかトイレに行かせてもらい、パジャマに着替えた私は、自分の部屋でまた正座させられていた。

「一から説明してもらおうか？」

対する雪村さんは、ベッドの上で足を組んで私を見下ろしている……私、一応あなたの雇用主の娘なんですけど……

「なぜあんな痴女みたいな格好でうろついていた？」

「ち、痴女じゃないよ！ギリギリピンクはほんとは気が弱くて控えめで恥ずかしがり屋な女の子なんだけどギリギリパワーを得る為《ため》にはあのコスチュームに変身するしかなくて地球の平和の為に仕方無く頑張ってるんだよでも内心ではやっぱりものすごく恥ずかしがってててそのギャップが萌《も》えるというかたまらないというかとにかくそんなやむを得ない事情があるんだから軽々しく痴女とか言わないでほし――」

「オタクの早口キモいやめろ」

「うぐっ……」

しまった……大好きなギリギリピンクを痴女とか言われてつい……

「そんなんだから友達の一人もいないんだ」

「うう……そんな事ないもん。学校では頑張って優雅に振る舞って、みんなと仲良くしてるもん」

「ああ、あの胸クソ悪い擬態な。あんなもんで騙《だま》してるのが本当の友達なのか」

「うぐうっ！」

雪村さんには遠慮という概念が一切存在しない。

「あの擬態、いつもやめろと言っているだろ。胸クソ悪いより気持ち悪い方が数倍マシだ」

「だ、だって……ああでもしないと、まともに人と喋《しゃべ》れないんだもん」

「だろうな。幼少時からの付き合いである私の目も、未《いま》だに直視できないくらいだからな」

ジロリ、と睨《にら》まれて慌てて目を逸《そ》らす。雪村さんの言葉通り、別に怒られてるからじゃなくて、私は普段からこんな感じだ。

「理解し難いな。あの擬態の時や、芝居で別の人格を演じている時はあんなに堂々としてるくせに」

「うう……私だって分かんないよ。なんていうか、『役』に入り込んでいる間は全然気にならないの」

「ふん……まあそれはいいとして話を戻すぞ。なぜあんな格好でうろついていた？」

「そ、それは……」

『ラブコメ魔法』のせいです、なんて言っても、更に正気を疑われるだけだ。どうしよう……

「誰か好きな男でもできたか？」

「ぶぶうっ！」

とんでもない角度からパンチが飛んできて、思わず吹き出してしまう。

「な、ななな、なんでそれをっ……」

「まあ一年ほど前から兆候はあったんだが、今日は一段とメスの目をしているからな」

メスの目って……この人、一体どんな観察眼してるんだろう。

「図星か。成程、見えてきたな。さっきのしょーもない格好でそいつを籠絡しようという訳だな。まあ男子高校生なんぞ盛った猿だからな」

「ち、違うよっ！　大我君はそんな人じゃないもん！」

「ふむ、お嬢の思い人は大我、と」

「ぐっ……」

は、嵌《は》められた……

「だが、その顔から察するに、叶《かな》いそうにない恋という訳だな」

「そ、そこまで……」

でもそれは本当にそうなの……大我君とシフォンちゃん、ほんとにお似合いだもん。

だけどせめて、フラれるなら本当の私を見てもらってからじゃないと……

「まあこのままではどう頑張ってもフラれるだろうな」

「うっ……」

無表情のまま、更に辛辣すぎる言葉を投げてくる雪村さん。

「ひ、ひどい……雪村さん、私の事嫌いなの？」

「いや、大好きだ」

「ぶふうっ！」

予想外ストレートを叩《たた》き込《こ》まれ、再び吹いてしまう。

「大好きだからこそ、おためごかしせずに助言しているに決まっているだろう。どうでもいい奴には何も言わん。何年一緒に過ごしてきたと思ってるんだ。お嬢の事は実の妹のように思っているぞ」

「ゆ、雪村さん、そんな恥ずかしい事を真顔で……」

「本心を語るのに、何を恥ずかしがる事がある」

お、男前すぎる……堂々としている雪村さんと対照的に、一人赤面する私。

「あ、ありがとう……」

直視はできなかったけど、ちょっとだけ雪村さんの方へ顔を上げる。

「雪村さん、好き……えへへ」

それを受けた雪村さんは、不機嫌そうに鼻を鳴らす。

「ふん、そういう笑顔を家族以外の前でも見せろと言っているんだ」

「む、無理だよ……だって私、コミュ障だし人見知りだし陰キャだもん」

それができないからこそ、ラブコメ魔法が発動しちゃいそうな訳だし。

うう、そうだ、思い出しちゃった……大我君に『ありのまま』を伝えられないと、今度は学校ですっぽんぽんになっちゃうかも……

「本当に好きなら無理矢理《むりやり》にでもなんとかするんだな。その大我とやらの前でも、あの気色悪い擬態で通してるんだろ？　表面上しか見ていない凡百共ならいざしらず、そいつに女を見る目があるのなら、取り繕ったお嬢様キャラのままでは絶対に好きになってもらえないと思うがな」

「…………………」

「どうした？」

「えっと……お嬢様キャラより酷《ひど》いかも」

「どういう事だ？　彼の前ではまた違うキャラを演じているという事か？」

「……うん」

「それはどんな？」

「下ネタ連呼」

「ふざけてるのかお前」

「ぎゃあああああっ！　アイアンクローやめてえええええっ！」

私はジタバタと暴れて、なんとかそこから逃れる。

「うう、ふざけてないもん。好きだからこそそうなっちゃうんだもん。そ、それに、男の子だって軽い下ネタでドン引きしちゃう子よりも、少しくらい冗談通じる女の子の方が話しやすいと思うし」

「セクハラの温床になりそうな考え方だが、まあ一理はあるかもしれないな……で、具体的にはどういうネタを話しているんだ？」

「えっと……『ああ、お空はこんなにも広いというのに、なぜ赤城さんのチン○は小さいのでしょう』とか」

「全国の恋する少女に謝れお前」

「ぎゃああああああっ！　ギブッ！　ギブギブッ！」

私を解放し、無表情のままドン引きするという高度な技を見せてくる雪村さん。

「お嬢、念《ねん》の為《ため》に聞くが、さっきの具体例は特別ひどいものという訳ではないんだよな？」

「……うん、あれが標準レベル」

「今世では無理だ。生まれ変わって出直してこい」

「さらっと転生を推奨しないでよ！」

私だって大我君が呆《あき》れてるの分かってるもん……でも、どうしてもやめられないんだもん。

「お嬢。そいつの事、本気で好きなんだよな」

「うん……それは間違いなく」

「だったら下ネタは封印しろ」

「うう……無理」

「なぜだ？」

「恥ずかしいから」

「小学生に戻って日本語習い直してこいお前」

「ぎゃあああああっ！」

私のこめかみのＨＰが限りなくゼロに近づいていく。

「そ、そういう意味じゃないよ……ほら、好きな人の前では恥ずかしくてまともに喋れなくなっちゃったりするじゃない？」

「そこで照れ隠しの方法が、下ネタに行き着くのが頭おかしいと言っているんだ」

相変わらずオブラートのオの字も存在しない……

「擬態モードだから、顔とかはまともに見られるんだけど、そのぶん心の中ではアワアワしまくっちゃって……何か！　何か言わなくちゃ！　って焦るとつい下ネタが出てきちゃって……」

「本気で好きなんだろ？　だったら素の状態を見てもらった方がいいんじゃないか？」

「む、無理無理！　こんな陰キャ状態の私見られたら嫌われちゃうよ！」

「安心しろ、もう既にガッツリ嫌われてるから大丈夫だ」

「うぐっ……」

ですよね……あんなに下品な事ばっかり言ってる女の子、好きになってもらえる訳ないですよね……

私も深層心理ではそれを分かってるから、『ありのまま』を見てもらいたいと思った訳で、それに反応して『ラブコメ魔法』が発生しようとしているんだし……

――潮時なのかもしれない。

――逃げてないで、本気で大我君と向き合う時が来たのかもしれない。

──たとえ嫌われたとしても、本当の自分を見せる時が。

「……雪村さん。私、頑張ってみる」

「お、何やら急に覚悟が決まった目になったな」

「うん、先延ばしにしてもしょうがないから、明日、大我君に本当の私を見てもらう事にするよ」

……というか、そうしないとすっぽんぽんになっちゃうからね。

「そうか。だがそれを、ちゃんと私の目を見て言えれば満点なんだがな」

「そ、それはちょっと勘弁して……」

陰キャで、家族同然の人の目もまともに見られない……そんな私の弱い部分を見てもらおう。

「頑張れ」

雪村さんが、私の肩にそっと手を置く。

「私はいつでも応援してるからな、静」

「ゆ、雪村さん……」

その声は、いつもの無機質なものとは違って、温かさに満ちていた。

「うん……うん……私、頑張るね、お姉ちゃん！」

気が緩み、昔の呼び方に戻ってしまう。

「いい子だ」

その手が、私の頭に置かれる。

「えへへ」

心の中に、力が溢《あふ》れてくる。

いける……これなら勇気を出して、大我君に本当の私を見てもらえる。

「その様子なら大丈夫だとは思うが、下ネタだけはもう使うなよ」

「うん！　明日は私、絶対下ネタ言わない！」

4

「おばあさんが川へ洗濯にいくと、川上から大きな赤城さんがふるちんこ〜、ふるちんこ〜と流れてきました」

「くる訳ねえだろ！」

屋上へ来たら開口一番これだ……もう帰っていいですかね？

「ちなみに『大きな』というのは身長のお話であって、チン長は短いですよ、という事を補足しておきます」

「なんだその誰も幸せにならない注釈は！」

こういう事を涼しい顔で言うんだもんな……

「お前さ……家でもこんな風なのか？　流石《さすが》に家族にまでお嬢様キャラで通してる訳じゃないだろ？」

さっき疑問に思った事を聞いてみる。

「はい。全く以《もっ》てその通りですよ。昨晩もメイドさんがドン引きしておりました」

「うわあ……」

それを聞いた俺もドン引きだよ……

「それはそうと赤城さん、ふざけている場合ではありませんよ。時間がありません」

ふざけてたのはどう考えてもお前なんですけど……

「はい。私がここにお呼びしたのも正にその件です」

「え？」

「実は昨晩、『ラブコメ魔法』がフライング発動しました」

「マ、マジか！……だ、大丈夫だったのか？」

「ふふ、全く問題ございませんでした。余裕で対処できましたのでご心配なく」

頬《ほお》に手を当てて、柔らかく微笑《ほほえ》む君影。まあたしかにこいつが慌てふためいている所なんて想像もつかないけども……

「で、一体何が起こったんだ？」

シフォンのフライング発動の時は『パンツが俺の手にテレポートする』というトンデモ現象だった。その時はすぐに引っ込んだが、本チャンと同系統の内容が事前に発生していた。それを君影から聞き出しておけば、対策も立てやすくなるだろう。

「秘密です」

「へ？」

「どうせ、今から発動すれば分かるのですから、お楽しみです」

「いや、そんな事言ってる場合じゃないだろ。少しでも被害を抑える為《ため》には――」

「といいますか、この感じ……おそらくもう間もなく発動します」

「へ？」

たしかにそろそろピュアリィが宣言した時間帯ではあるけども……

「つきましては赤城さん。その前に一つ、お伝えしておきたい事があります」

「な、なんだよ？」

「はい、とても大事な事ですので、心してお聞きください」

口調は柔らかいままだが、君影の目に真剣な光が宿る。

意味の無い事をするような奴《やつ》じゃない。きっと『ラブコメ魔法』を解決する為に、必要な話なんだろう。

「赤城さん、実は私――」

そこで一旦言葉を止める君影。

「…………………」

「君影？」

なんと君影は、震えていた。

口に手を当てて、その身体を震わせている。

「お、おい、どうしたんだ君影……」

「大丈夫です……これをお伝えする為に、お呼びしたのですから………………………」

と言いつつも、その後の言葉を続けない君影。

何か、言いたくても言えない事を必死に絞り出そうとしている……そんな感じに見えた。

「あ……の……」

身体だけではなく、声まで震えていた。

こんな君影……見た事がなかった。

「私……私……実は…………………………………………」

いくら待っても、その次の言葉は出てこなかった。

「お、おい。何を言おうとしてるのか知らんが、そんなに辛《つら》いなら無理しなくても――」

「おじいさんの方が赤城さんのより大きいのを知っています」

「なにが⁉」

「チン○です」

「真顔で答えるなよ！」

「チン○です」

「上品に微笑みながら答えるなよ！」

「ではどうすればいいのですか？」

「チン○って言うんじゃねえよ！」

「あ、お断りしておきますが、おじいさんのサイズを知っているのは、私がおじいさんとそういう関係にあるからではなく、彼が露出魔だからです」

「桃太郎どころじゃなくなってるじゃねえか！」

「ほら、よくあるでしょう。本当は怖い日本昔話というやつです」

「怖さの種類が違うわ！」

くっ……

ツッコミ疲れて息切れする俺を眺めながら、君影は優雅に微笑む。

「我ながら会心のネタでしたので、吹き出すのを堪《こら》えるのが大変でした」

笑いを我慢して震えてたのかよ……

「まあそれはそれとして、ほら、見てください」

差し出された君影の手は、まだ小刻みに揺れ動いていた。

「私も役者の端くれです。笑いを堪えるどうこうは別にして、震える演技くらいは造作もありませんよ」

そうだった……こいつは厳格な事で知られる舞台作家、片桐郷馬《かたぎりごうま》に認められて、その舞台への出演を許される程の演技力を持ってるんだった。

「いや、でもそれにしても凄《すご》いな……心の底から震えてるようにしか見えないぞ」

「ふふ、お褒めの言葉として受け取っておきます」

そう言って微笑む君影だったが、その手……いや、全身はまだカタカタと震えている。

演技力が凄いのは分かったから、もうやめていいんだけどな。

「ちなみに今度、『震え』をテーマにしたお芝居をする事になりまして。これから私がそうなっているように見えるのは、『震え』の演技を更にブラッシュアップさせる為の、お稽古の一環ですから。見苦しいかもしれませんがご勘弁を」

俺の心中を見透かしたように、君影の補足が入る。

そういう事か……こんな日常生活の中でまで訓練が必要なんて、役者って大変なんだな。

「……しかし、残念です」

「は？　何が？」

「私なりにいろいろと振り絞ったのですが、力が及ばなかったというお話です」

いきなりなんの話だ？　俺の脳内に？マークが充満する。

「だ、駄目……もう……発動しちゃうよう……」

そして、君影が何かを呟《つぶや》いた次の瞬間——

ぶしゅううっ！

「ぎゃあああああああっ⁉」

いきなり何かの液体が、俺の顔を直撃した。

＊

うわああああ間に合わなかった発動しちゃったああああああっ！

「な、なんだこれ！　沁《し》みる！　めっちゃ沁みるぞ!!」

「ご心配なく。君影家秘伝のタマネギエキスです。尋常ではなく沁みますが、後遺症は全くございません」

「タ、タマネギエキス？　一体なんでそんな真似《まね》をっ……」

ご、ごめんね……ごめんね大我君……でも、こうするしかなかったんだよう……

万が一間に合わなかった時の事を考えて、昨日夜通しで作った目潰し用のタマネギエキス。自分でも実験して、危険性が無い事は確認済み。

でも、もの凄い量を濃縮させる製法だったから、テスト分を除いて一回の噴霧分しか作れなくて……これで、本当に追い詰められてしまった。

『ラブコメ魔法』が発動し、今の私はすっぽんぽん。

大我君の視力が回復するまでに、このラブコメ魔法を解除できなかったらジ・エンドだ。

――本当に、全てが終わる。

私は公然わいせつ罪で警察行きだろうし、超常的な力によって服が着られないなんて事が発覚したら、どこかの施設に連れて行かれて人体実験をさせられるかもしれない……すっぽんぽんのままで。

そしてお父さん――君影宗一郎の政治生命も終焉《しゅうえん》を迎える。雪村さんをはじめとする使用人さん達もみんな路頭に迷う事になる。

それだけは……それだけは絶対に避けなくちゃ。

「少々失礼いたしますね」

「あっ、おい……」

私は大我君の手からスマホを奪って、『ラブコメマスター』のアプリを確認する。

新たな『ラブコメ魔法』の発動を検知
【魔法 アーマーブレイク】×【ラブコメ ラッキースケベ・全裸】
『解除方法 君影静が赤城大我に「ありのまま」の自分を伝える事』

うう……やっぱりそれを伝えなきゃ解除できないんだね……

というか何、アーマーブレイクって？

まあおそらくは防具を破壊するような『魔法』なんだろうけど、そんなＲＰＧみたいな戦闘的魔法も存在するんだ……天界っていう場所の世界観がよく分からない。

ってそんなの今はどうでもいいんだった！　早く……早くなんとかしないと！

私は状況を整理しながら、頭をフル回転させて対策を考える。

①今現在大我君は目が見えない。よってラブコメマスターの内容は捏造《ねつぞう》可能（解除方法に関してはたった今削除した）。
②万が一間に合わなかった場合、全裸でいる事の理由付けをしなければいけない（そんな事をしてもどうせ捕まるから意味ないんだけど、女の子としての最後のプライドを守る為）。
③以前のラブコメ魔法の際、『卑語しりとり』というゲームじみた解除方法が提示された事があった。

「…………………」

以上を鑑みて、私の脳が導き出した結論は――

＊

「『告白野球拳』です」

「……は？」

君影の口から、聞き慣れない単語が飛び出した。

「ラブコメ魔法のせいで視力を失っている赤城さんの代わりに、私が解除条件を確認しました。どうやら先日の『卑語しりとり』に続くオリジナルゲームのようです」

いや、視力を失ってるのはお前のせいなんだけどな……

「『告白野球拳』のルールはこうです。私と赤城さんが告白フレーズを考えて交互に発表します。一回毎《ごと》に判定が行われ、より相手をドキドキさせた方の勝ちとなります。野球拳ですから、負けた方は当然、身につけているものを一枚脱ぐ事になります。

なんだその、どうしようもなく頭の悪いゲームは……

「……まあ納得はできないがルールは理解した。でもこれは前提の話だよな。で、肝心の解除方法はどうなってるんだ？」

ちなみにこの前のテレパシーで行った『卑語しりとり』の時の解除条件は、『最後を《ち〇こ》で終わらせ、それを俺がテレパシーではなく実際に口にする』というものだった。

控えめに言って頭がおかしい。

「はい、『どちらかが全裸になるまで続ける事』だそうです」

控えめに言って頭がイッちゃってる。

「……いや、待てよ。順番が逆だな。解除方法の前に、そもそも今、何の『ラブコメ魔法』が発動してるんだ？」

視覚情報が失われている今、何の確認もできない。

「私にチン○が生えています」

「なんて!?」

「私に『赤城さんよりおじいさんの方が大きい、あるモノ』が生えています」

「表現が迂遠《うえん》すぎるわ！」

「私にチン○が生えています」

「端的に言い直さなくていいんだよ！」

というかマジで？……マジでそんな事が起こってるのか？

いや、過去に肉体と精神が入れ替わったりもしてるので今更なんだけど……可能不可能以前にそれはちょっと酷すぎ――

「ふふ、それは流石《さすが》に冗談ですが、今の私は少しお見せできない状態になっています」

そ、そうか、さすがにそうだよな……

「そして昨夜、この状態がフライングとして発動しましたので、万が一の事を考えて、この目潰しエキスを持参しました。使用後のご説明になってしまった事をお許しください」

そういう理由だったのか……だったら相談してくれればよかったし、そんな物騒なエキスなんて準備しなくても、いくらでも目ぇ瞑《つぶ》るのにな……

「早急に解除しなくては授業が始まってしまいますので、これ以上質問がないようであれば『告白野球拳』を開始いたしましょうか。それでは赤城さんからお願いいたします」

「お、俺からか？」

いきなり告白とか言われてもな……まあゲームなんだし、直感でいくしかないか。

……ある一点だけに注意して——

「好きだ、付き合ってくれ」

「あらあら、赤城さんらしいストレートさですね。ですが、残念ながら零点です。それではその粗末なチン○の出番は永久にやってきませんよ」

「それ今言う必要ありますかね！」

なんで『ラブコメ魔法』のまっただ中でそんなにふざけられるんだ……前の時もそうだったけど、どんだけ肝据わってんだよ君影は。

「そんなに言うならお前が手本を見せてくれよ」

君影は畏《かしこ》まりました、と答え、いつも通りの穏やかな調子で続けた。

「好きです。性的な意味で付き合ってください」

「俺のをゲスくしただけじゃねえか……」

ほんとこいつ、発想がただのエロ親父《おやじ》だな……

「赤城さん。ツッコミが間違っています。そこは『お前はチン○無いから突き合うのは無理だろ！　突くのは俺だけだぜ、グへへ』ですよ」

「どういう頭してたら瞬時にそんな事思いつくんだ！」

「光栄です」

「褒めてねえよ！」

「包茎です」

「ボケが自由すぎるわ！」

「赤城さん。ツッコミが間違っています。そこは『お前はチン○無いから包茎な訳ねえだろ！　包茎なのは俺だわ！』ですよ」

「包茎じゃねえよ！」

先程『告白野球拳』について頭がイッちゃってると思ったが……それよりも更に頭がイッちゃってる存在がここにいた。

「で、これ判定方法はどうなるんだ？」

「あ、それに関しては『ラブコメマスター』が厳正に審査するとの事です。目の見えない赤城さんに代わって、私が確認しますね」

だから目が見えないのはお前のせいなんだけどな……

「あ、第一回戦は私の勝利だそうです。まあ当然の結果ですね。私の告白の方が数倍刺激的でしたし」

いや、ドキドキはしたけども意味合いが違うだろうよ……

「という事で、申し訳ありませんが赤城さん、一枚脱いでいただけますか」

「ぐ……仕方無いな」

取《と》り敢《あ》えずワイシャツにするか……下にTシャツも着てるし、まだまだ軽傷だ。

「あ、ちなみにチン○の皮を剝《む》いて一枚、とはカウントされませんのであしからず」

「そんな事想像もしなかったわ！」

「赤城さん。ツッコミが間違っています。そこは『俺包茎だから剝ける皮ありませんけど！』ですよ」

「お前もう黙れよ！」

最早《もはや》同じ人間とは思えない思考回路だ……こんなのにまともに張り合っても仕方無い……相手にするのをやめて、とりあえず脱ぐか。

「あら、視界が塞がれているのに、上手に脱げましたね。ふふ、それでは二回戦に参りましょうか。赤城さん、どうぞ」

さて、どうするか……

俺はしばらく考えた後、告白の言葉を口にした。

「好きだ、付き合ってくれ」

「あらあら、どうしましたか赤城さん。それは先程敗北したフレーズですが」

「……仕方ないだろ。告白なんてした事ないから、そんなにポンポン思いつかないんだよ」

「童貞なんですか？」

「告白もないっつってんだから童貞に決まってんだろ……」

「ウケる」

「キャラ崩壊してんじゃねえか！」

「大変可笑《おか》しゅうございます」

「なんかそっちの方がムカつくんですけど！」

駄目だ、いちいちツッコんでいたらいつまで経《た》っても終わらない……

「もういい、次はお前の番だ」

「好きです。ですが、いきなり恋人というのは重すぎるでしょうから、まずはお友達……セックスフレン○から始めさせていただいてよろしいでしょうか」

「さっきと言ってる事同じじゃねえか……」

「あら、フレーズ自体同じな赤城さんに、それを言う資格はないのでは？」

それには一応理由がある。決して童貞だから何も思いつかなかった訳じゃない……まあ童貞なのは本当だけども。

「ふふ、じゃあ次は期待してますので頑張ってくださいね。その前に、二回戦のアプリの判断を仰ぎましょうか……あ、今回も私の勝ちのようですよ」

……まあそりゃそうだろな。実際に君影の言葉でドキドキしてしまった……この女の子の将来を心配して。

「という事で赤城さん、もう一枚お願いします」

「……へいへい」

「あ、その前にアプリ先生にお伺いを立てねばなりません。先生、バナナはおやつに含まれますか？」

は？　一体何を言い出すんだこいつは……

「あ、返答が画面に表示されました。『含まれません』だそうです」

「返ってくるのかよ……というかなんでそんな質問してんだ？」

「ふふ、ここからが本題です。T○NGAは衣類に含まれますか？」

「何きいてんだお前！」

「あ、返答が画面に表示されました。『含まれます』だそうです。よかったですね。一枚得しましたよ赤城さん」

「つけてねえよ！」

なんで俺が常時着用してると思ってんだこいつ……

まあＴＥＮＧ○はともかくとして、まだこの段階で下半身の砦《とりで》であるズボンを脱ぐ訳にはいかないので、両足のローファーを脱いで傍《かたわ》らに置く。

「ふふ、そろそろ本腰を入れなくてはまずいのではないですか？　それでは三回戦、赤城さん、どうぞ」

「好きだ、付き合ってくれ」

俺は三度《みたび》、同じフレーズを口にする。

「赤城さん？」

「……なんだよ」

「いくらなんでも、もう少し捻《ひね》ってもらわないとゲームが成立しませんよ」

「……思いついてはいるんだが、恥ずかしくて言えないんだよ、察してくれ」

「あらあら、かわいいですね。その考え方とチン○のサイズが」

「お前は全然かわいくねえな！」

「あらひどい、女の子にかわいくないなんてセクハラですよ」

「どの口が言ってんだ！」

「ふふ、それでは私のターンいきますね。『貴方《あなた》の下半身にしか興味はありませんが、貴方の下半身は魅力ゼロなので……ごめんなさい』」

「フッてるじゃねえか！　告白って言ってんだろ！」

「ふふ、でもアプリは私の勝ちとの判定をしてくれてますよ」

「どう考えてもおかしいだろ！　賄賂でも送ってんのか！」

「まあひどい。そんな股の下——もとい袖の下なんて汚い真似《まね》はしませんよ」

「間違い方が汚らわしいんだよ！」

「冗談です。さすがにアプリも今のは告白と認めてくれませんでした」

「当たり前だろ……」

俺が呆れる中、君影は告白のリテイクを開始する。

「貴方の下半身には興味ありませんが、付き合ってください」

「いや、前半いらねえだろそれ……」

「あら、いりますよ。チン〇目当てではないという事を念押しした、清純派の告白ですから」

「清純派はそもそも下半身とか言わねえんだよ！」

「はい、アプリが判定してくれてますよ。あら、今回も私の勝ちです。という事で赤城さん、早速ソックス――間違いました、セックスを脱いでください」

「合ってんのに言い直すんじゃねえよ！」

マジでなんなのこの人……俺は手探りで靴下を脱ぎながらドン引きする。

「ふふ、それでは四回戦に参りましょう」

君影に促され、俺の口から出てきたのは――

「好きだ、付き合ってくれ」

またしても同じフレーズだった。

「露出魔なんですか？」

さすがに四回連続はそうとられても仕方無い。

だが説明するのはちょっと――

「ふふ、赤城さんの優しさですね」

「え？」

「わざと負けようとしてくれているんですよね？」

相変わらず鋭いな……いや、これは君影じゃなくても別に分かるか。単純に俺のやり方が下手すぎただけだ。

「俺が全裸になれば終わるんだろ？　それがいいって訳じゃないけど、まさかお前にやらせる訳にはいかないだろうが。どうせ屋上で誰もこないし、お前に目を瞑《つぶ》ってもらえばいいだけの話だ」

「困ります」

「へ？」

「お気持ちは嬉《うれ》しいですし、たしかに私が負ける訳にはいかないのですが、もっと本気を出していただかなくては困ります」

「ど、どういう事だ？」

「私はただのフルチ○が見たいのではなく、全力を出したその上で叩《たた》き折られた、完敗フルチ○が見たいんです」

「なんて!?」

＊

「なんて!?」

な、何言ってるの私いいいいいいいいいいいっ！

最低！　これじゃ最低の痴女だよおおおおおおおっ！

もっと他に言い方あったでしょおおおおおおおおおおっ！

でも……でも……セリフの内容はともかく、方向性としてはこういう流れの方にもっていくしかなかったんだよう。

大我君の告白が余りにも軽いと、これからの私の告白が浮いちゃうから。

大我君がもっと本気っぽい告白をして、それに負けないように私も本気っぽい告白をした……そういうシナリオじゃないと、私のがガチだってバレてしまうから。

そういう流れにしておけば、私が『ありのまま』を伝えて『ラブコメ魔法』が解除された後、全部演技だったたって事にできるから。

……この期に及んでまだ取り繕おうとしている自分が情けない。

でも無理……本人を目の前にしたらやっぱり無理。

なんとか『ラブコメ魔法』発動前に『ありのまま』を伝えようとしたけど、どうしても無理だった。それ以前の段階で、雪村さんと約束した禁下ネタも簡単に破っちゃってたし……うう、ごめんね雪村さん。

でも無理……どうしても私には無理。

嫌われるのが怖い。今の関係性が崩れるのが怖い。大我君をからかってツッコんでもらえなくなるのが怖い。

……もう……いいよ。

大我君の相手はシフォンちゃんでいい。

私は、想《おも》いを伝えなくていい。

たまに、ちょっとだけお喋りしてもらえばそれでいい。

それだけで、十分幸せ。

だから私は続ける。

演じる。

私にとってじゃなく、大我君にとっての君影静を。

*

「――という訳で、もっと全力で――そのフニャチ○をもっと頑張らせてください」

「もうちょっとなんか言い方あるだろ！」

「スポーツにおいて、全力を出さない事は相手を侮辱しているのと同義。本気を出さず、完敗フルチ○を見せる気がないとは……私に対して失礼ではないですか」

「フルチ○見せろとか言ってるのは俺に失礼じゃねえのかよ！」

完敗フルチ○ってなんだよ……というか全力とか完敗とか関係無くフルチ○を見るなよ……俺が負けたら大人しく目を瞑ってろよ……

「まあそれは冗談です。実は『ラブコメマスター』に通知がきています。あまりにやる気がないようだと、この『告白野球拳』を没収試合にすると」

野球拳の没収試合なんて聞いた事ありませんけど……

「それ、具体的にはどうなるんだ？」

「赤城さんの野球ボールが没収されます」

「どういう事だってばよ！」

「もっとストレートに言うとキャンタ○が没収されます」

「だからどういう事だってばよ！」

「野球だけにストレート」

「うるせえ！」

「まあそれは冗談ですが、これから先は投げやりな告白ではゲームが進行しないようです。本腰を入れてかからないと、『ラブコメ魔法』が解除できません」

「マジか……それはまずいな」

そろそろ授業開始の時間が迫っている。

『ラブコメ魔法』の具体的な内容は分からないが、今、君影は『見せられない』状態になっているらしい。それを解消するまでは屋上からは降りられない。

俺だって出来れば授業はサボりたくないし、ずっと皆勤を続けている君影のそれを途切れさせるのはなんとしても避けたい。

「では赤城さん、四回戦はやり直しとしますので、改めて告白をどうぞ」

しかし難しいな……適当じゃなく、かつ、君影をドキドキさせないような告白か……まあゲームだと分かってる訳だし、俺が何を言っても君影が動揺するとは思えないけど、万が一にも彼女を負けさせるような事があってはならない…………………………

「あ……」

暫《しばら》く考えた後、ひらめきが降ってきた。

心からの告白じゃないと弾《はじ》かれる。

だったら、本当の事を言えばいい。

それは——

＊

「俺、お前の事好きだわ」

「……へ？」

その言葉が発せられた瞬間、私には分かってしまった。

私は、演技をする人間だから。

大我君のその言葉が、偽りの無い本心である事を。

大我君が私の事を………好き？

ドクン。

うん、分かってる。

流れからしてそれが『友達として』っていう事は。

ドクン。

適当に告白するのを禁じられた大我君は、私に本心から『好き』って言えるような方法を考えた。

その結果がこれ……こんなのラブコメではテンプレを通り超して、古典とでも言うべき勘違いネタ……私はそんなのに引っかからない。

ドクン。

「ああ、言わなくても分かると思うけど、友達として、な。どうだ？　これだって立派な告白だろ？」

ほら……本人もこう言ってる。

ドクン。

でも結果として私は大我君に本気で『好き』って言われた……たとえそれがどんな意味合いだったとしても——

……嬉《うれ》しい。

って何言ってるの私！　いくらなんでもチョロすぎでしょ！　好きな人に『友達として』好きって言われて何喜んでるの！　そこは落ち込むとこでしょ！

ドクン。

でも……

『俺、お前の事好きだわ』

……えへへ。

脳内で再生しただけで、ニヤけそうになる。

もう一回……聞きたいな。

「赤城さん、申し訳ありませんが、聞き取れなかったのでもう一度おっしゃっていただけますか？　友達としてどうなのですか？」

な、何言ってるの私！

駄目……これ以上聞いたら嬉しすぎてどうにかなっちゃうような気がする。

「マ、マジかよ……」

ほ、ほら、本人も嫌がってるし、今のうちに止《や》めなきゃ！

「さあ、もう一度告白してみてください」

う、うう……私の馬鹿ぁ……

「し、仕方無いな……ゴ、ゴホン……『俺、お前の事好きだわ』」

えへ……えへへぇぇぇ。

自分の顔がデレンデレンに溶けてるのが分かった。

今はまだタマネギエキスが効いてるからいいけど……こんなの絶対大我君には見せられないよぉ。

うふふ……でも大我君が私の事本気で『好き』って……

脳内がピンクになり、『友達として』っていう言葉を強制的に追いやろうとしていた。

「赤城さん、今度はちゃんと聞き取れましたが、告白に仕方無いとか、咳払《せきばら》いなんて無粋ですよ。お手数ですがもう一度お願いします」

駄目……駄目ぇ。これ以上聞いたら私、おかしくなっちゃうううううう。

「い、いや、さすがに恥ずかしいからもう勘弁してくれ」

そ、そうだよ大我君。もう言う事ないからね！

でも…………………聞きたい。

もう一回……もう一回だけ！

「これで最後にしますから。今までよりも更に心を込めてお願いします」

や、やめて大我君……

「う……わ、分かった……」

私……ほんとに壊れる。もう一回聞いたら嬉しすぎて壊れちゃうよおおおおおおっ！

「俺、お前の事好きだわ」

ぷつん。

それを聞いた瞬間、私の脳内で何かが弾けた。

＊

「好き……」

「……へ？」

君影の声質が、急に変わった。

「私も大我君の事、好き……」

「す、好き？」

ど、どうしたんだ君影は？　いきなりこんな甘い声で――

「好き……一年前に助けてくれた時から好き！　優しくて男らしい性格が好き！　精悍《せいかん》な顔つきも好き！　努力家な所も好き！　私の気持ちに気付いてくれない所も含めて好き！　もう大我君の全部が好き！　大好きなの！」

「き、君……影？」

「やだ！　やっぱりやだ！　大我君がとられちゃうのやだよぉ！　最初に大我君を好きになったのは私なのに！……諦めきれないよぉ！」

あまりの事に、脳が追いつかない。

「えへへ……大我君、しゅきい……しゅき、だいしゅきい！」

あ、あの君影がこんなＩＱゼロのセリフを？……これも『告白野球拳』の一環だと？

いや、それにしてはあまりにも……

俺が混乱の極みに達した瞬間――

「え？」

スマホから、『ラブコメ魔法』が解除された事を知らせるファンファーレが響き渡った。

「え？　な、なんでだ……解除条件は【どっちかが全裸になる事】じゃ…………お？」

そのタイミングで、エキスの効果が切れてきたのか、ほぼゼロだった視界がぼんやりと回復してきた。

そして数秒後、完全に機能を取り戻した俺の視界に入ってきたのは――

「ふふ、どうやら視力が元に戻ったようですね」

穏やかに微笑《ほほえ》む君影の姿だった。

「き、君……影？」

「どうしました？」

そうして小首を傾《かし》げる君影は、正にいつもの彼女そのもの。

「さ、さっきのは一体……」

「あらあら、もしかして本気にしちゃいました？　『告白野球拳』に決まってるじゃないですか」

さ、さっきのが……演技？

「て、天才か、お前？」

掛け値無しの本音だった。あれが芝居だったというのなら、常軌を逸した演技力としか言いようがない。

「ふふ、お褒めにあずかり光栄です」

恭しく一礼する君影。

そこに、先程までのデレデレの痕跡は一切無い……化け物かよ。

「あ、そうだ！　というかなんで『ラブコメ魔法』が解除されてるんだ？　俺はまだ全裸じゃなかったし……」

先程の疑問に立ち返った俺は、君影からスマホを受け取って『ラブコメマスター』を確認する。

だが、そこに記されていたのは、

新たな『ラブコメ魔法』の発動を検知

……の一文のみ。他は削除されてしまったようだった。

そういえば以前……精神が入れ替わった際も、君影が解除条件を偽って俺に伝えていた事があった。

「ま、また騙《だま》した……のか？」

「はい、本当の解除条件は、【赤城さんが装着しているTENG○を外す事】でした」

「だからつけてねぇよ！」

「冗談です。解除条件は……ふふ、ちょっと言えませんね」

唇に人差し指を当てて、楽しそうに微笑む君影。

い、一体どこまでが本当だったんだ？　そもそも今回、どんな『ラブコメ魔法』が発動していたのかも分からなかったし、『告白野球拳』にしたって……

「お、おい君影、もうちょっと教えてくれても——」

「あら、急がないとそろそろ授業が始まってしまいますよ」

君影はそう言い残すと、屋上出口のドアの方へ、すたすたと歩いていってしまった。

「ふふ、今回も楽しかったですよ。また遊んでくださいね」

そして再び完璧な笑顔を見せ、ドアの向こうへ消えていった。

「…………………」

残された俺は、呆然《ぼうぜん》と立ち尽くしていた。

情報が少なすぎて……そしてある意味では多すぎて、頭の整理がつかない。

……まあでも、確実に分かった事が一つ。

今後、君影がどんな態度をとろうとも、全て演技だと疑ってかかった方がいいという事。

あそこまで完璧な芝居をされてしまったら……もう何が本心なんだか、さっぱり見分けがつかない。

でも、そんな非の打ち所の無い君影の演技でも、一つだけ気になる所があった。

ついさっき、頬《ほお》に人差し指を当てて微笑んでいた時の『震え』の演技練習。

あれはいくらなんでも、オーバーすぎてわざとらしいんじゃないか？

＊

「うわあああああああっ！　いくらなんでも『ありのまま』すぎるよおおおお！　私が陰キャな事を告白して、その後演技でしたって言うつもりだったのに、なんでガチで『好きです』って告白してるの私いいいいいいいっ！」

「お嬢、掃除の邪魔だからベッドの上で悶《もだ》えるのやめろ」

「無理いいいいっ！　あああああ……うあああああああああああああ。もうやだ……もう学校行けないぃぃ。大我君の顔、もうまともに見られないンゴォォォッ！」

「キモいからンゴとか言うなこのクソオタク」

雪村さんの辛辣な言葉も気にならないくらい、今の私は絶望の淵《ふち》にいた。

ジタバタ。

「どけ」

ジタバタ。

「どけ」

ジタバタ。

「死ね」

「ぐえっ！」

私はシーツごとひっぺがされて、ベッドから転落した。

「うう……ひどいよぉ……」

「何があったか知らんが、断片的に聞こえたのから察すると、例の彼に告白できたんだろ？　当初の目的通りじゃないか」

「違うの……その時私、舞い上がってて、半分意識飛んでて……『しゅきい……しゅき、だいしゅきい！』とか言っちゃって」

「キモッ」

「ですよねえええええええっ……」

床でもジタバタを開始する私。うう……もう消えて無くなってしまいたい。

「でもどうせお嬢の事だから、その後取り繕って演技だったたって事にしたんだろ」

「うう……そうなの。でもあんなのが私の本心だったたってバレたらと思うと……今後二度と告白できないよお……普通に『好きです』って言っても、『こいつ心の中ではしゅきしゅきだいしゅき思ってるんだろ』って思われるよぉ……もう絶対大我君に告白できなくなっちゃったあああああ……」

「お嬢、ひとつだけ解決策がある」

「ほ、ほんとっ！」

私は顔を上げ、ぱああ、と表情を輝かせる。

「教えてっ！　雪村さん教えてっ！」

そして雪村さんに縋《すが》り付《つ》く。

「……なんか犬みたいで腹立つから教えてやらない」

「そ、そんなあ……」

「というか、教えても今のお嬢には絶対理解できないだろうからな」

「ど、どういう事？」

「ま、そこで悶えながら自分で考えるんだな。掃除はまた後で来る。じゃあな」

「あ、ちょ、ちょっと待ってよ雪村さんっ！」

頼みの綱に出て行かれてしまった私は、

「うう……やだ……もうやだぁ……」

その言葉通り、延々と悶え続ける事になった。

＊

「…………くっ」

君影家メイド長、雪村優愛《ゆあ》は、君影静の部屋を出た瞬間、堪《こら》えきれなくなってその場に膝をついた。

「……くそっ！」

そして忌々しげに、床に己の拳を叩《たた》き付ける。

「畜生……かわいすぎる」

そして、もう片方の手を口に当てて押さえる。

「なんだあの生き物は……愛《いと》おしすぎるだろ」

あまりの萌《も》え具合《ぐあい》に、吐血してしまいそうだ。

「お嬢……なんて……なんて純粋な子なんだ」

そう、雪村はその辛辣な態度とは裏腹に、静大好き人間だった。

「どうにか……どうにかこの恋を成功させてやりたい」

だが、自分にできる事は表面的な手伝いだけだ。

最終的には、静本人が気付くしかない。

「なんで分からないんだ……」

理解していないのは本人だけだ。自分のひいき目を抜きにしても、それは断言できる。

なぜかコンプレックスに感じているようだが、断じて大間違いだ。

「お願いだから早く気付いてくれ……素の自分が、どれだけかわいいのかを」

『ううう〜。あああ〜』

室内からは静の悶える声が聞こえてくる。

「お、おのれ……私を萌《も》え殺す気か」

ドアにもたれかかり頭に手を当てる雪村。

『恥ずかしい……恥ずかしいよぉ……』

「ぐう……羞恥に悶えるお嬢もまた……たまらん！」

ドア越しに繰り広げられる、主従の悶え合戦はその後しばらく続いた。

第二章

1

「あー、突然だが、我がクラス副担任の岡村《おかむら》先生は、昨日を以《もっ》て退職する事になった」

HRの担任の発言で、教室中にざわめきが走った。

「え？　マジで？」「岡ちゃん、全然そんな事言ってなかったじゃん」「だよね。どうしてこんな急に？」「まさかどっか悪いとか？」

岡村先生は、三十を少し過ぎたくらいの柔和な男性だ。教え方も上手《うま》く、誰にでも分け隔てなく接するので生徒からの人気も高い。

「静かに！　別に病気の類いではないから心配するな。ご実家が経営している農場を継ぐ運びになったという事だ。我々教師陣には以前から相談があったんだがな……お前らには余計な心配をかけたくない、との本人の希望で当日まで伏せる形になった」

「嘘《うそ》でしょ……」「私、色々相談に乗ってもらったのに、ろくにお礼もしてないよ」「でも、岡ちゃんが自分で選んだんだから仕方無いよね……」

「ほらお前ら、静かにしろ。後日、顔は出すそうだから、送別会なんかはその時に開いてやってくれ」

担任は俺達のざわつきを制するように手をぱんぱん、と鳴らし、言葉を続けた。

「岡村先生の辞職に伴い、今日は新しい副担任を紹介する。先生、どうぞ」

それと同期して、教室前方のドアが開く。

そして、入ってきた人物を見た俺達は、

「「「「……っ」」」」

みな一様に、息を呑《の》んだ。

その人の佇《たたず》まいがあまりにも美しかったから。

切れ長の目に通った鼻筋、白磁の肌。顔の造形が優れているのもそうだが、それだけではない。

針金でも通っているかのような背筋の伸び、寸分の狂いもない歩幅、モデルの如《ごと》く着こなされたスーツとタイトスカート。

季節はもう初夏であるにもかかわらず、彼女の周囲だけは真冬の厳かな冷気が包んでいるような……そんな錯覚を抱かせる程、怜悧《れいり》な雰囲気を纏《まと》っていた。

皆が言葉を失う中、教卓まで達した彼女は深く一礼する。

「本日からこのクラスの副担任になりました凛堂零《りんどうれい》です。担当教科は数学。若輩の身ではありますが、どうぞよろしくお願いします」

澄み切ったその声は、教室中に染み入るように拡《ひろ》がり、皆の耳に届いた。

「や、ヤバくね？」「あ、ああ……見た目も声も超クールじゃんか」「ちょ、ちょっとかっこよすぎない？」

彼女はチョークを手に取り、自らの名前を書き記していく。

「う、うめえ……」

誰かのその呟きの通り達筆だった。教本にあるお手本を、そのまま転写したかのような整い方。

チョークで書かれた文字で、ここまで美しいものにはお目にかかった事がない。

凛堂先生の振る舞いを見て、完璧という二文字が自然と脳裏に浮かんでくる。

その点で言えば、君影《きみかげ》の（表の）状態もまた完璧ではあるが、両者の印象はまるで違う。

君影の所作は柔らかで、流れる柳のようなものであるのに対して、凛堂先生に抱く印象は硬質にして鋭利。

極限まで無駄をそぎ落とし、洗練された彫像作品であるかのような佇まいだった。

「これ……ほんとに先生なの？　芸能人とかじゃなくて？」「う、美しすぎる数学教師爆誕だろこれ」「ヤバい……私、そっちの気はないんだけど、ちょっとヤバいかも」

皆がその静かなインパクトにざわめく中、

「ほおお」

俺の隣の席からも感嘆の声があがった。

「どうしたシフォン？」

「すごい……凛堂先生超クール。おそらく私の将来はあんな風になってるはず」

「……すまん。ちょっと何言ってるか分からないんだが」

そこでシフォンは人差し指を立て、左右に振ってみせた。

「ちっちっち。大我《たいが》は何も分かっていない。凛堂先生のは分かりやすいクール。私のは分かりづらいクール。その辺の所をちゃんと理解してもらわないと」

……おそらく俺がそれを理解できる日は、一生やってこないと思われますが。

そこで担任がやれやれ、といった風情で口を開く。

「あー、お前ら静かにしろ。凛堂先生には早速今日の四時限目から授業を担当してもらう。

ＨＲはこれで終わりにするが、下らない質問なんかして困らせるんじゃな――」

「好きな食べ物はなんですか！」「なんで教師になろうと思ったんですか？」「彼氏は？

彼氏はいるんですかっ？」

「ったく……お前ら言った早々……」

担任が呆《あき》れたように溜息《ためいき》をつく中、

「先生、私は一向に構いません。これもコミュニケーションの一環ですので」

「まあ凛堂先生がそう言うなら構わないが……お前ら程々にしとけよ」

「「「「はーい！」」」」

と勢いよく返事をしつつ、担任が出て行くなり凛堂先生の元に殺到し、鬼のように質問を浴びせかけるクラスメイト達。

「趣味はなんですか？」

「神社仏閣巡りです」

「尊敬してる人っています？」

「はい。父と武者小路実篤《むしゃのこうじさねあつ》です」

「す、好きな男性のタイプはどういう人ですか？」

「道徳観、倫理観が近い方が好ましいですね」

中にはけっこう踏み込んだ質問もあったが、その一つ一つに律儀に答えていく凛堂先生。

どのような内容であっても、顔色一つ変えずに淡々と。

その様はシフォンが憧れる通り、ただひたすらにクールであった。

「ねえねえ大我」

そこでシフォンが、俺の袖をちょいちょいと引っ張る。

「ここで本日のクールチャレンジ。今、先生がされてるのと同じ質問、私にしてみて」

また変な試みを……まあ付き合ってやるか。

「趣味は？」

「家でクーラーかけながらごろごろする事」

「尊敬している人は？」

「キン肉マン」

「好きな男のタイプは？」

「そ、それはちょっと……」

顔を赤らめてモジモジしだすシフォン。いや、お前が質問してくれって言ったんだが
……

「さ、最後のはともかく、それ以外の答えはクールだったでしょ？」

「……どこが？」

「だ、だって、お部屋冷たくしてるよ？」

「いや、物理的な温度下げたから何なんだよ……」

「あ、尊敬してる人は、知性チームを率いるキン肉マンスーパーフェニックスに訂正する」

「いや、だからそういう問題じゃないんだって……」

「ふふん、私が先生に追いつくのはもう時間の問題」

俺の言葉など耳に入っていない様子で、得意げに鼻を鳴らすシフォン。

いや、その仕草が既にキュートというか、かわいらしいというか……

「先生の授業は四時限目だったよね。よし……そこで更にクール要素をお勉強しよう」

「シフォン、溜《た》める器がないといくら取り入れても無駄なんだぞ」

「がびーん。た、大我がいけずな事言う……」

いや、だからクールな人は口に出して『がびーん』とか言わないんだって。

「分かった……もうこうなったら、尊敬する人をスピードワゴンに訂正する」

「とりあえずマンガから離れろよ！」

そしてやってきた四時限目。

凛堂先生の数学の解説は、論理的かつシンプルで、非常に分かりやすいものだった。かと思えば、場合によってはあえて教科書とは問題を解かせる順番を逆にして、先生独自の解釈により系統立てて説明する（実際、そっちの方がはるかに理解しやすかった）など、構成まできちんと練り上げられており、とても新人教師とは思えないような授業運びだ。

俺と同じように感心したような表情を浮かべる者、その洗練された挙動に魅入る者、クラスのみんなの反応は様々だった。

「正解です。非常に美しい解法でしたね。さて、では次の問題を佐藤《さとう》さんに――」

「きゃあああああああああああっ！」

そこでいきなり、女子の悲鳴が響き渡った。

「ゴ、ゴゴゴ、ゴキブリッ！」

「え？……どこ……どこっ！」「無理……私、マジ無理！」「ちょ、ちょっと男子、早くなんとかしてよ！」「い、いや、俺だって触りたくねえし……」「あっ、と、飛んだぞ！」

「そっちいったぞ、そっち！」「嫌あああああっ！」

悲鳴が伝播《でんぱ》し、軽いパニック状態になる教室内。

そして次の瞬間――

「勢《セイ》ッ!!」

その混乱を切り裂くような声が響き、飛翔《ひしょう》していたゴキブリがぽとり、と床に落ちる。

先生が投げたチョークが、黒い悪魔に直撃した結果だった。

う、嘘だろ……飛んでるゴキブリに狙って当てるなんて、人間業じゃないぞ。

皆が目を疑う中、凛堂先生は自分が仕留めた獲物まで、つかつかと歩み寄っていく。

「せ、先生、何を？」

疑問の声が上がる中、彼女はポケットからティッシュを取り出し、それを何重にもしてから――床のゴキブリを摑《つか》み取《と》った。

「「「「――――っ！」」」」

クラス中が息を呑むまま、凛堂先生は顔色一つ変えずに、窓の方へと向かう。

「せ、先生……ど、どうするんですか、ソレ」

「峰打ちですから外に逃がします。害虫とはいえど、無闇に命を奪うのは私の信条に反しますので」

彼女が窓を開放し、手にしたティッシュを開くと、それまでピクピクと痙攣《けいれん》していた黒い物体は元気を取り戻し、青空へ向け、勢いよく飛んでいった。

そして凛堂先生は、何事もなかったかのように教卓に戻る。

「怪我《けが》をした人はいませんね？　では授業に戻ります」

「す、素敵……」「やべえ……先生マジ半端ねえ」「わ、私……ガチで何かに目覚めそう」

教室中が先生への賛辞のざわめきで満たされる。

「惜しい……私がやろうとしていたのに、先生に先を越されてしまった」

「シフォン、そういうセリフはまず俺の背中に隠れるのをやめてから言おうな」

「はっ……ゴキちゃんのあまりの恐怖につい……」

後ろでカタカタと震えていたシフォンは、安心した様子で自分の席に戻っていった。

クラスメイト達のざわつきが収まり、授業が再開された後も、シフォンは凛堂先生にキラキラした視線を送っていた。

「先生は本当に私が理想とするクール」

まあお前の対極に位置するような人間だからな……憧れるのはいいけど、なんで目指そうという思考回路に至れるのか、理解に苦しむ。

いや、別にシフォンじゃなくてもああはなれないよな……まるでマンガにでも出てくるような、絵に描いたようなクールさだ。

でも、いくらなんでもあまりにも無機質すぎやしないだろうか？……なんというか、彼女からは感情や人間味というものが全く感じられない。

今日会ったばっかりの人を、少し見ただけで決めつけるのは失礼だとは思うけど……とにかく俺はそういう印象を抱いてしまった。

そしてそこから先も、先生から受ける印象が変わる事がないまま、授業は終了の時間を迎えようとしていた。

「それでは皆さん。本日の授業はここまでとします。それでは――」

そこで凛堂先生は一拍おいて、

にちゃぁ……


その表情が、著しく歪《ゆが》んだ。

「「「「？？？？？」」」」

にちゃぁ…
?
?
?
?

クラス全員の頭の上に、ハテナマークが浮かんでいた。

唐突かつ謎な行動に首を傾《かし》げる一同。

「どうしましたか、皆さん。何か反応がおかしいですね。どうやらいきなりすぎて視認できなかった模様。それでは——」


にちゃぁぁぁ……


「「「「？？？？？」」」」

……もう一回見ても疑問が解消される事はなかった。

なにこれ？……一体何を表してる表情なの？

類推しようにも、今まででこんな表情をした人間を見た事がなかった。

人の抱くどの感情にも当てはまらないような、奇妙な歪み。

「む……反応は変わらずですか……まあまだ初日ですから、これでよしとしましょう。それでは私はこれで。拙い授業を聞いていただき、ありがとうございました」

一瞬にして怜悧《れいり》な表情に戻った凛堂先生は一礼をし、颯爽《さっそう》と教室から出て行った。

「……なあシフォン、さっきのなんだったか分かるか？」

「う、ううん。でも少なくてもクール……ではなかったと思う」

その他、周りのみんなもキョトン顔だ。

結局その意味は誰にも分からず、帰りのHRに顔を出した凛堂先生は終始クールな言動を保ったままで、あの謎の表情が出る事はなかった。

2

さて、今日もさっさと帰って、日課であるトレーニングと予習・復習をこなすとするか。

そんな事を思いながら、校庭脇の道を歩いていると——

「おや、赤城《あかぎ》君ではないですか」

不意に横から、透き通るような声がかかる。

「あ、先生、どうしたんですか」

声の主は、本日着任したばかりの副担任だった。

「ええ、校内の視察です。何がどこにあるのか、完全には把握できていませんし、皆さんの部活動の様子なども見ておきたいと思いましたので」

そう言って、腕組みをしながらグラウンドの方を眺める先生は、どこぞの雑誌の表紙かよ、とツッコみたくなる程、ビシッと決まっていた。ほんとに絵になるなこの人……

「赤城君は帰宅部でしたね。これから帰って身体《からだ》を鍛えるんですか？」

「え、ええ、そうですけど……なんでそれを？」

「自分が副担任をするクラスの生徒情報を事前に確認しておくのは当然だと思いますが」

すげえな……名前を覚えるくらいならともかく、そんな踏み込んだ情報まで……担任からでも聞いたんだろうけど、普通、そこまで把握しようとは思わないだろ。

しかも、この言い方からするに、俺だけじゃなくて全員分……見た目以上に几帳面《きちょうめん》な性格らしい。

「ところでつかぬ事をききますが」

感心している最中《さなか》、先生が問いを投げてくる。

「今日の私はどうでした？」

「どう、って……ええ、すっごくかっこよかったですよ。こんな言い方は失礼かもしれませんが、とても新任教師には見えませんでした。落ち着いてて、ものすごくクールで」

感情が無いように見えた……なんてさすがに言える訳ないので、少し表現を変えてお茶を濁す。

まあクールだと思ってるのは別に嘘《うそ》じゃないしな。

「クール……そうですか」

明らかにテンションが下がった様子の凛堂先生。

「あ、あれ、俺なんか変な事言いました？」

「残念ながら赤城君の目は節穴のようですね。授業の最後に私があれだけキュートな笑顔を見せたというのに」

「……は？」

今、なんて？

「笑顔……ですか？」

「なぜそんな、狐《きつね》につままれたような顔なんですか？　ほら、二回も披露したではないですか」

二回…………………はっ！

まさか……あれの事なのか？

「えっと……もしかしてあの『にちゃぁ……』ってやつ、笑顔のつもりだったんですか？」

「赤城君……礼儀正しい子だと思っていましたが、意外に失礼ですね。女性があれだけキュートな極上スマイルを披露したというのに、その言い草はどうかと思います」

キュート？　極上スマイル？……マジで何言ってるんだこの人？

まあでも、顔を見れば本人がふざけてる訳じゃないのは分かる。

「えーと……百歩譲ってあれが笑顔だったとしてですね……どうしてキュートなんていうフレーズが出てくるんですか？」

それは、凛堂先生とは対極にある言葉のように思える。

「そうですね。まずはその前提から話さなくてはなりませんね。私が目標とする教師像について」

「教師像？」

「はい。私は、生徒から慕ってもらえる教師を目指しています」

そうなのか……まあクールではあっても決して塩対応という訳ではないし、実際今日も大人気だったしな。

でもその目標自体は、教師として大分スタンダードなものに思える。人間離れしたこの人の事だから、もっとをんでもないのが出てくると思ってたんだけど……

「そう、キュートでちょっと抜けていて、時にはイジられるような、マスコット的存在の教師を」

……ん？

抜けている？　イジられる？　マスコット的存在？……およそ凛堂先生からはかけ離れ

た単語ばっかり出てきたが、どういう事だ？

「私が教職を志すきっかけになった先生がそのような女性だったのです。とても生徒思いで、常に真剣で全力投球で、でもどこか愛嬌《あいきょう》があって生徒達の人気者で……私はその先生のようになりたくて、学生時代から溢《あふ》れ出る『キュート』を周りに振りまいているのに、全く理解されないのです」

……………………………………………………なんだろう、この嫌な既視感は。

「あ、そうです。私が考案したキュートポーズをちょっと見てくれませんか」

ビシィッ！

なんすかそのスーパーモデル顔負けのクソかっこいいポーズ……

「なんだか微妙な反応ですね……それではキュートポーズその二です」

ズウウウウン。

なんすかそのギロチン死刑執行人みたいなクソ冷酷無比な表情……

……俺の脳裏に、嫌な予感が走る。

本人は『キュート』を目指してるけど、その実どうしようもなく『クール』………

もしかしてこの人、シフォンの正反対なんじゃゃ――

「危ないっ！」

そこで唐突に、グラウンドの方から大声が響いてきた。

「赤城ーっ！　上だ上！　ボール避《よ》けろ！」

その声に従い、視線を上に向けると、放物線を描いた野球ボールがこちらに飛んでくるところだった。
マ、マズい！　これは凛堂先生に直撃するコースだ。
「せ、先生、危ないです！……ちょっとごめんなさい！」

俺は先生の肩に手を置き、横に押しのけようとした。そうすれば最悪俺に当たるだけで済──

「へ？」

しかし、先生の身体は岩のような堅牢《けんろう》さで、ぴくりとも動かなかった。

「心配ご無用」

そして先生は、落ちてくるボールに背を向けたまま、そう呟き──

「破《ハ》ァッ!!」

「なっ……」

俺の目に入ったのは、舞踏のような華麗さと矢のような速度を併せ持った、後ろ回し蹴りだった。

真芯を捉えられたその野球ボールは、飛んできた時以上の速度を以《もっ》て、グラウンドにとんぼ返りしていった。

「赤城君、怪我《けが》はありませんか？」

先生は表情を微動だにさせずに、すっ……と髪をかき上げた。

かっこよすぎるだろ常考……

「あ、ありがとうございます」

いやおかしいだろ……どう考えても素人の蹴りじゃなかったぞあれ……そもそもその前、相当鍛えてる自負のある俺がどかそうとしても、まったく動かなかったよな……体幹どうなってんだ？

「どうです赤城君。今の危機回避の仕方はなかなかキュートだったと思うのですが」

……どこが？

「どこが？」

はっ！　思わず内心がそのまま口に出てしまった。

「……どうやら赤城君は相当に鈍いようですね。今のは某魔法少女アニメのキャラクターが得意とする必殺キックのトレースです。魔法少女と言えば全女の子の憧れ。それすなわちキュートでしょう」

……こじつけがひどい。

「いや、先生。その考え方はちょっとどうかと……」

「む……では具体的にはどうすればよかったのですか？」

「まあ怖くて反射的に俺の後ろに隠れるとか……」

「却下です。生徒を危険な目に遭わすなど、できる訳がありません」

その考え方が既に男前なんだよなあ……

「うーん……危ないんで、実際はやっちゃ駄目ですけど、ボールをキャッチしようとして失敗して、身体に当たっちゃうとかだと、ドジっ子的かわいさがあるかも。ベタ中のベタですけどそこで舌を出して『てへ』とか言いながら拳で頭をこつん、とやったりすると更にキュート度は増すかもしれませ——」

「危ないっ！」

そこでまた、さっきと同じような大声が。

「赤城ーっ！　ほんとにすまん！　またいっちまったーっ！」

マジか……奇跡的にホームランボールの二連チャンだった。

まあでも今回は俺に向かってきてるし、普通にキャッチすれば余裕——

「赤城君、下がっていてください」

「へ？」

次の瞬間、俺はもの凄《すご》い力で横に押しやられた。

「見ていてください赤城君。私は今ご教授いただいた『キュート』を実践してみせます」

「ちょ、まさか先生——」

止める暇も無く、ボールは先生めがけて弧を描いて落ちていく。

「敢《あ》えて取らずに、身体に当てるんでしたね」

そしてボールは……仁王立ちした先生の顔面に直撃した。

「うわあああああっ！　だ、大丈夫ですか先生えええええっ！」

な、何やってんだ！……何やってんだこの人！　今余裕で避けられただろ！

「け、怪我はありませんか先生！　早く保健室に——」

「全く問題ありません。気の流れを的確にコントロールすれば、この程度、蚊に刺されたようなものです」

「男らしすぎるだろ！」

「テヘ」

「こんな感情のこもってない『てへ』初めて聞いたわ！」

「ンベ」

「そしてベロを真下に出しすぎだわ！　舌の検査してんじゃないんだから、もっとこう、ペロって感じで出さないと駄目ですって！」

「ペロ」

「真顔でペコちゃ○みたいな舌の角度やめてもらっていいですかね！　怖いわ！」

「コツン」

「力入れすぎて自分で自分の頭部ガチ殴りしてる人にしか見えねえわ！　もっと軽くでいいんですよ！」

「どうですか？　キュートでしたか？」

「マジでどの口が言ってんだ！」

思わずタメ口でツッコんでしまった。

そして分かった……この人、無機質なんじゃない。

感情の表現の仕方が、絶望的に下手なだけだ。

そしてあいつ同様、自分の本質がなんなのか、まるで理解していない。

「あ、大我と凛堂先生だ」

そこで、のほほんとした声が耳に入る。

……ものすごいタイミングでそのあいつが登場してしまった。

「神代《かみしろ》さん、これはいい所に。赤城君が私の『キュート』を頑《かたく》なに認めようとしないのです」

「あ、先生。それはちょっと分かります。大我は頑固だから、私の『クール』も絶対に認めようとしない」

イラッ……

「でも、私の『クール』はともかく、先生が『キュート』？　それはちょっと私も理解できないかも」

「それはこちらのセリフです。私が『キュート』であるのは疑いようのない事実ですが、神代さんが『クール』というのは意味が分かりません」

「「……？」」

お互いにピンときていない様子の凛堂先生とシフォン。

いや分かれよ……お前ら、なんで相手に対しては正しく認識できてるのに、それを自分自身に向けようとしないんだよ……

俺が内心で呆《あき》れ返《かえ》っていたそのタイミングで——

「危ないっ！」

そこで最早《もはや》聞き慣れた三回目の声が。

「赤城ーっ！　すまん！……ガチですまん！　まただーっ！」

……もうわざとやってるとしか思えない三度目のホームランボール。

「全く野球部の奴《やつ》ら、いい加減に——ん？」

ぼやきながら軌道を確認した俺は、一息つく。ああ、今回は大分俺達から逸《そ》れてるな。

このままやり過ごせば誰にも当たる事は——

「た、大変！　大我、先生、逃げてっ」

だが、シフォンは一人で血相を変えていた。

「いや、シフォン、これは当たらないから大丈——」

「あわ、あわわわ、あんな硬いのがぶつかったらたいへ——ひゃんっ！」

どべし。

一人で勝手にあわあわして、一人で勝手にこけた。

ぽてん。

そして、シフォンとは全く別の場所に着地する野球ボール。

「「………」」

「う……」

俺と先生の無言の視線に、顔を赤くするシフォン。

こほん、と咳払《せきばら》いしながら起き上がり、俺達の傍《そば》に歩み寄ってくる。そして気怠《けだる》げな表情で髪をかき上げながら——

「ふふん、どうやら今回はボールが私のあまりの眼力におそれをなして逃げだしゅ……逃げだしゅ……逃げだしゅたみたい」

「三回も同じ噛《か》み方《かた》した上にやりきったみたいな顔すんじゃねーよ！」

「うぐっ……今回のは少し『クール』失敗したかも」

いや、失敗とかそういう次元じゃないから……

「な、なんですかこの『キュート』の塊みたいな子は……」

俺の横で凛堂先生が、身体《からだ》をわなわなと震わせていた。

「見たでしょ先生？　これが本当の『キュート』です。天然にはやっぱり敵《かな》わないんですよ」

「……そんな事はありません。頑張れば私にもできるはずです」

いや、頑張ろうとしている時点ですでに敗北している気が……

「赤城君、見ていてください。今から『キュート』な転び方を実践しますから。ふむ、ちょうどそこに、躓《つまず》くくらいの大きさの石がありますね」

先生は口早にそう告げると、止める間もなくその石の方へと歩いていった。

そして——

「アア、シマッタ」

この上なく棒読みの声をあげ、わざとらしく蹴躓いた。

そして——

ギュルルルルルッ！　シュタッ！

「オリンピック出ろよもう！」

フィギュアスケーター顔負けの速さで空中錐揉《きりも》み回転し、体操選手も真っ青の微動だにしない完璧な着地をしてみせた。

「す、すごい……こんな『クール』の塊みたいな人、見た事ない」

俺の横でシフォンが、身体をわなわなと震わせていた。

「見ただろシフォン。これが本当の『クール』だ。天然にはやっぱり敵わないんだって」

「……そんな事ない。頑張れば私にもできるはず」

……なんでこの二人、こんなに正反対なのにこんなにシンクロしてるんだろう。

「大我見てて。今から『クール』な着地を実践するから」

「あ、おい、待てって！」

シフォンは俺の制止を振り切って、例の石の所まで歩いていきわざとらしく蹴躓く——

「あ、あれ？　あわわっ！」

——つもりだったんだろうが、距離感の目測を誤って、ガチで蹴躓いた。

そして——

くる～～ん。べちゃ。

なぜかその場でコマのようにゆったりと回ったあと、力尽きて地面に倒れこんだ。

「はにゃ……目が……目が回りゅ……」

「な、なんですかこの『キュート』の塊みたいな子は……赤城君、見ていてください。今から『キュート』な転び方を実践しますから」

「エンドレスかよ！」

3

にちゃあああああああ……

翌日の授業でも、凛堂先生の自称笑顔が炸裂《さくれつ》した……より粘度を増して。

「「「「？？？？？」」」」

俺とシフォン以外のクラスメイト達は、昨日にも増して首を傾《かし》げる。いや、そりゃそうなるよな……

「……私には、どうして皆さんがそのような反応なのか理解できません」

……俺には、どうして先生がそれを理解できないのか理解できません。

「小林《こばやし》君、正直にきかせていただきたいのですが、今の私の笑顔をどう思いますか？」

「え？」

急に指名された小林はぎょっとした表情を浮かべる。

「笑顔……だったんですか？」

「え？」

いや、先生のそのリアクションはおかしいでしょうよ……マジでなんで分からないんだよ。

「小林君……余計なお世話かもしれませんが、眼鏡を新調した方がいいかもしれません。私があれだけキュートな笑顔を披露しましたのにその反応という事は、度が合っていないとしか思えません」

「え？」

「え？」

いや、小林は分かるけど先生のそのリアクションはおかしいでしょうって……この人、鏡持ってないんだろうか。

「あの……もう一度やってもらってもいいですか」

「はい、お安いご用です」

にっちゃあああああああああ……

リクエストだと思い気をよくしたらしい先生は、更にベットベットの何かを炸裂させた。

「どうでしたか？」

「いや、どうって言われても……」

「難しく考えなくてもいいです。思った感想をそのまま口にしてくれて結構です」

「いや、それはちょっと……」

「小林君、私は遠慮や気遣い、忖度《そんたく》といったものを好みません。今後の糧にしますので、本当に率直に言っていただいて結構です」

「……コールタール？」

「「「「っ⁉」」」」

その場にいる全員の心が一致した。『ひでえけどそれだ！』、と。

「小林君、女性の笑顔に対する比喩として、それはあまりにあんまりではないでしょうか」

「す、すみません……」

いや、あんたが率直にって言ったんだし、そもそも前提として笑顔じゃないからなアレ。

「油などにたとえないで、もっとこう『キュート』寄りの感想をお願いします」

先程の発言とは真逆に、自ら忖度を強要する先生。

「えっと……牛脂？」

語感が似てるだけで結局アブラじゃねえか！

思わず心中でツッコんでしまったが、まあ小林の印象は正しい。だってマジでギットギトでネッチョネッチョなんだもん。

そこで、授業終了のチャイムが鳴り響く。

「終業となりましたので、スマートフォンの使用を許可します。休み時間に拘束して申し訳ないのですが、どなたか私の笑顔を撮ってみていただけないでしょうか」

「あ、じゃあ、俺がやります」

質問されていた小林が、ポケットから取り出したスマホを先生に向ける。

「いきますよ。はい、チーズ」

にっちゃあああああああああん。

なぜ回を増す毎《ごと》に悪い方に進化するんだろうか……

「ありがとうございます。少々拝見してもよろしいですか」

小林からスマホを受け取った先生は――

「え？」

一度小林の顔を見て、

「え？」

再び同じリアクション。

「え？」

どんだけ信じられないんだよ……

「小林君。あなたのスマホには、人の笑顔を『クリスマスのフライドチキン屋さんの閉店間際のフライヤー内』みたいに加工するアプリでも搭載されているのですか？」

どこに需要があるんだよそんなもん……というか自分でもギトギトのアブラだと認めちゃってるじゃねえか……

「……まさかとは思いますが」

先生は珍しく少し躊躇《ためら》いがちな様子で、クラスメイト達を見渡す。

「……私はあなた達に、これを見せつけていたのですか」

「「「「…………」」」」

声を上げて答える者はいなかったが、その反応から全てを察した様子の凛堂先生。

「わ、私は一体なんという事を……」

その場に膝をついて、四《よ》つん這《ば》い状態でうなだれる先生だが、手首、肘、膝、曲がっている部分のほぼ全てが直角になっている。

落ち込み方までいちいちかっこいいな、この人。

「絶望した……私は絶望しました！」

……偶然だろうけど、先生という肩書きの人がそれを言うのはちょっとやめた方がいいと思う。

ふらふらと立ち上がった凛堂先生は、俺達に向かって問いかけた。

「教えてください。皆さんにとって、『キュート』な教師とはどのような人物の事を指すのですか？」

……ただ質問するだけなのに、そんなジョジョ立ちみたいなポーズをとらない人物だと思います。

「はい、先生」

そこでシフォンがしゅたっ、と手を挙げる。

「ししょ――ではなく、神代さん」

今、師匠って言おうとしたよなこの人……

「私が思う『キュート』を『クール』に説明します」

何言ってるかちょっと分からない……

「是非、お願いいたします」

そしてシフォンは髪をファサッ、とかき上げて目を細めた。

……本人的には『クール』な流し目をイメージしているんだろうけど、下手クソすぎて、近視の人にしか見えない。

「ふふん、私とはかけ離れている存在だけど、『キュート』な女の子っていうの――へくちっ！……『キュート』な女の子っていうの――へくちっ！　あ、あれ、なんだか急に鼻がムズムズ――へくちょんっ！……ま、待って、こんなの全然『クール』じゃな――くちょむっ！」

「成程……言葉ではなく、行動で『キュート』を示している訳ですね。流石《さすが》です、師匠」

……絶対違うし、やっぱり師匠って言ってるし。

しかし、何かを勘違いした先生はティッシュを取り出してこよりをつくり、自らの鼻に挿入した。

それを真顔でやっているもんだからシュール極まりないが、この人がやると異様に様になっている。こよりほじほじがかっこいいって、一体どういう事なんだよ……

「む……そろそろ来そうです」

そして、先生がシフォンに倣おうとして無理矢理《むりやり》放ったくしゃみは――

「簸癯鱮《ハクショ》ンッ！」

なんだその誰にも読めなそうなくしゃみは！

「へくちんっ！」

「壩踽翁《ハクショ》ンッ！」

「ふぁくちょっ！」

「欄謔黍《ハクショ》ンッ！」

……もう君達二人、心と身体《からだ》を入れ替えた方がいいんじゃないかな。

4

「……赤城君、大変です」

放課後、校門へ向かって歩いていると、凛堂先生が声をかけてきた。

「どうしました？」

「天使を発見してしまいました」

「え？」

「あれです……あの方を見てください」

凛堂先生に促され、視線の先を辿《たど》ると——

「ふんふんふーん」

そこには、作業服で鼻唄混じりに庭木を剪定《せんてい》するピュアリィの姿が。

「え？……どこがですか？」

思わず素で反応してしまった。

いや、もちろん本物の天使である事は間違いないんだけど、先生のこれは当然、その素性を看破したという事ではなく、『天使的』である、というニュアンスだろう。

そういう意味では天使感ゼロだと思うんだけど……

「見てください、通りがかる生徒に声をかけ、ふりまいているあの笑顔を」

少し観察してみるとたしかに、『こんにちはー』とか『気をつけて帰ってくださいね』とか、『部活頑張ってください』とか、一人一人に声をかけ、笑顔を向けている。

まあ愛嬌《あいきょう》は無駄にあるからな、あいつ……

「は、反則です……あの天使様の『キュート』な笑顔は悪魔的破壊力です」

どっちなんだよ……

「師匠には申し訳ありませんが、是非ともあの方に笑顔の神髄を学びたい……」

まあたしかに、笑顔となると手本としてシフォンは適当じゃないかもしれない。

決して無愛想な訳じゃないけど、いつもぼーっとしている感じで、笑顔が多いタイプじゃないからな。

「あいつ知り合いですから、なんなら紹介しましょうか？」

「ほ、本当ですか？　あの天使様が赤城君と既知の間柄……なんたる僥倖《ぎようこう》、神よ、この偶然の出会いに感謝いたします」

『キュート』を目指してるくせに喜び方が仰々しすぎる……こういうとこなんだよなあ。

まあでも、こういう人だからこそ、対極にいるようなバカから得るものは多いかもしれない。

「おーい、ピュアリィ、ちょっといいか」

俺は、近づいていってピュアリィに声をかける。

「あ、大我さん。お疲れ様です！」

俺を認識するなり、ぱあぁ、と満面の笑みを向けてくるピュアリィ。

「やはり、間近で見ても素晴らしい笑顔です……」

俺の後ろから、凛堂先生が感嘆の声をあげる。

「あれ？　どちら様ですか？」

「ああ、不躾《ぶしつけ》に失礼いたしました。私は昨日付けでこの高校に配属になりました、教師の凛堂零と申します。どうかお見知りおきを」

「はえー……しっかりした方ですねえ。あ、私はピュアリィといいます。校内で剪定のお仕事をさせてもらっています。よろしくお願いしますっ！」

「補足すると、自分の事をセクシー女優だと偽ったり、怪しげな粉を鼻から吸い込んだりして警備員さんに摘《つ》まみ出《だ》される奴《やつ》です」

「なんで余計な情報を追加するんですか！」

「いや、先生がなんかお前の事を神聖視してるから、落胆する前に現実を知ってもらおうと思って」

「神聖視？　私をですか？」

ピュアリィは不思議そうに首を傾《かし》げる。

「はい。実は私、あなたの笑顔に惚れ込《ほ》んでしまいまして……初対面なのに失礼なのは百も承知ですが、是非その秘訣《ひけつ》をご教授願いたいのです」

「は、はあ……」

状況が飲み込めていないピュアリィに補足説明する。

「ピュアリィ。一言で説明すると、先生はシフォンの『キュート』と『クール』の逆バージョンの人だ」

「ああ、なるほど！」

それだけで分かっちゃうのもどうかと思うけどな……

「なんと……師匠とも交流があるとは流石です。おまけに笑顔においては師匠の先を行くお方――巨匠とお呼びしてもよろしいでしょうか？」

なんでだよ……

「きょ、巨匠ですか……ふふん、なんだかとってもいい響きです」

「巨匠、そのだらしなく緩んだ顔もとてもかわいらしいです。星三つです」

それだとチューボー的な何かになっちゃうだろ……

「て事でピュアリィ、悪いけどこの後ちょっと時間取れるか？　なんなら仕事のキリがよくなるまで待ってるからさ」

「あ、それでしたら丁度いま、ここのエリアが終わって休憩しようと思ってたところなんで大丈夫ですよ」

「巨匠、貴重な休憩時間にかたじけなく存じます」

……『キュート』を目指してる人は、そんな武士みたいな言葉使っちゃいけないと思うんだ。

「しかし巨匠は本当に素晴らしいです。私が勉強の為《ため》に行っている某アイドルゲームで分類すると、性格的には『パッション』とお見受けするにもかかわらず、笑顔はひたすら『キュート』……どちらも併せ持つとは流石としか言いようがありません」

ああ、女の子達が性格やビジュアルによって『キュート』『クール』『パッション』に系統分けされてるアレね……ていうか勉強でやってるって、どんだけ『キュート』に対して貪欲なんだこの人は……

「あ、でも先生、その印象は間違いです。ピュアリィは『フール』なんで、そのどれにも当てはまりません」

「当てはめてくださいよ！　なんですかカテゴリーがバカって！」

いや、なんか勝手にあの大手ゲームに当てはめたりしたら怒られそうだし。

「巨匠、四つ目の属性を作ってしまうとは流石です」

「感心する前におバカな事を否定してくださいよ！」

「まあ『キュート』かどうかはともかく、ピュアリィから学ぶ所は大きいと思いますよ。裏表がなく本当に心の底からの笑顔ですから」

「素晴らしい……巨匠、よろしくお願いいたします」

「そ、そんなに畏《かしこ》まらなくてもへーきですよ。でも、『キュート』を目指すといっても、なんで笑顔限定なんですか？」

……それは実際に見てもらった方が早いだろう。

「先生、お願いしていいですか？」

「はい、それでは」

にちゃ……にちゃ……にちゃああ……

「うっ……」

思わずうめき声を上げてしまうピュアリィ。

元の顔が超美人だから、余計痛々しいんだよなあ……しかもなんかにじり寄ってくる感じに進化してるし……どんだけバリエーションあるんだよ。

「な、なんですか今の工業用廃油みたいな表情は……」

やっぱり誰が見てもなんかのアブラなんだなこの笑顔……

「せ、先生、なんか無理矢理笑おうとしてませんか？　それよりもほら、過去に自然に笑った時の事を思い出すといいんじゃないですか？」

「それは難しいかもしれません。私の中に、自然に笑った記憶というのがありませんから」

「「えっ……」」

俺とピュアリィは、驚愕《きょうがく》して同時に目を見開く。

「別に感情が無い訳ではないのです。誰かと遊びにいけば楽しいな、と思いますし、お笑い番組を見れば、可笑《おか》しい、と感じます。ただ、それが表情に直結しないのです」

やっぱり感情表現が極端に下手って事なんだな……

「分かりました。本心から笑うのが一番ですが、そういう事情ならいきなりは難しいかもしれません。まずは形から入りましょう。私が笑いますから、可能な限り、それを真似《まね》してみてください」

「心得ました」

そして――

にっこり。

にちゃあ……

「あ、あの……そうではなく、こうです」

にっこり。

にちゃあ……

「せ、先生？　慌てなくていいので、落ち着いて、同じようにやってみてください」

にっこり。

にちゃあ……

「し、失礼ですけど……わざとやってる訳ではないですよね？」

「巨匠、これがふざけている顔に見えますか？」

問い返す凛堂先生は完全なる真顔。

「で、ですよね……では、出来るまで繰り返しやってみましょう。ちょっとずつでいいので、私の表情に近くなるように、頑張ってみてください」

「心得ました」

にっこり。

にちゃあ……

にっこり。
にちゃあ……
にっこり。
にちゃあ……
にっこり……
にちゃあ……
にっちゃり……
にちゃあ……
にちゃあ……
にちゃあ……
「私まで『にちゃあ……』になってしまいました！」
なんでお前が引き寄せられてるんだよ……
「おかしいですね。私は巨匠の笑顔を完全にトレースしているつもりなのですが」
どこがだよ……さっきからアンタの顔、一切変わってねえよ……
「あ、あはは、これはちょっと別方向から攻めないと駄目みたいですね」
ピュアリィが苦笑いしながら提案する。

「では、先生が好きなものの動画を検索してみるというのはどうでしょうか。思わず顔が綻んじゃうような感じで」

「あ、それはいいかもしれないな。無理にやろうとするから、『にちゃあ……』になってしまうのであって、やっぱり感情からくる笑顔の方が自然だからな。先生、どうです？」

「はい。是非ともやってみたいです」

「じゃあ、検索かけますので、先生の好きなワードをお願いします」

俺は先生に話しかけながら、スマホを準備する。

「そうですね。では猫の画像でお願いします」

お、意外にスタンダードなものが来たな……どれ、『猫　動画　かわいい』……と。

そしてヒットした上位のものを再生開始し、先生に手渡し、俺とピュアリィは横からのぞき込む。

「なっ……なんですかこれはっ……」

「う、うおお……」

そこには二匹で戯れる白猫、黒猫の姿が。

「ほああ……最高に癒やされます」

「あ、ああ……これはちょっと卑怯《ひきょう》だな」

あまりの愛らしさに顔がトロントロンになる俺とピュアリィ。

おっといけない。俺達じゃなくて、肝心の凛堂先生の反応を確認しないと。

ピュアリィも同じ事を思ったらしく、二人で先生の方を見やると――

にちゃあ……

「猫ちゃんに酷《ひど》い事しようとしてる人にしか見えません！」

ピュアリィのツッコミ通り、それは完全にサイコキラーの表情だった。

さっきまでのねっとりに加えて、目が完全にイッちゃってる……悪化してるじゃねえか。

「せ、先生……猫、好きなんですよね？」

「申し訳ありません。実は嘘《うそ》を吐《つ》きました。本当は可も無く不可も無く、といった程度なのですが、とりあえず猫を好きと言っておけば『キュート』な感じがすると思いまして」

なんでそんな小賢《こざか》しい事した……

「ですが、あの瞬間にかわいいと思ったのは事実です。抱きしめたいと感じたらつい、あのような目に」

……なんで？　脳と表情筋の連動がバグっているとしか思えない。

「先生。そういうイメージとかはいいですから、本当に好きな動物を教えてください」

「霜降りです」

「食べる話じゃねえよ！」

またタメ口でツッコんでしまった。

「先生、そうではなく、心から愛らしいな、と思う動物を教えてください」

「人間です。万物の霊長としての叡智《えいち》と、有史以来争いを繰り返す愚かしさが同居する様がたまらなく愛《いと》おしいと思います」

「そういう壮大な話じゃねえよ！」

これでふざけているのではなく、大真面目に答えてるから困る……

「先生。ビジュアルです……ビジュアルの話でお願いします」

「北大路欣也《きたおおじきんや》さんです」

「いいかげんアニマル的なものでお願いできませんかね！」

ていうか渋いな……

「はあ、この方向性でも難しいか……」

軽く溜息《ためいき》を吐く俺に、ピュアリィがぽん、と手を打つ。

「あ、でも大我さん。さっきお肉のお話は駄目だって事でしたけど、別にそれもアリなんじゃないですか？　おいしそうな食べ物を前にすると、自然と笑顔になりますし」

「まあそういう考え方もあるかもしれないな……先生、どうです？」

「A5ランクでお願いします」

真顔で即答されたので、また関連ワードを打ち込んでスマホを先生に手渡し、俺とピュアリィは横から動画をのぞき込む。

じゅうううううう。

「はわわ……おいしそーですねえ」

「あ、ああ……これはちょっとヤバいな」

その味を想像するだけで頰《ほお》が緩んでくるが、先生は――

じゅううううううう。

にじゅう……

「どんな顔なんだそれ！」

にちゃあ……とは若干変わっていたが、笑顔とはほど遠いホラーチックな表情になっていた。

「溢《あふ》れ出る喜びと肉汁を表現しようとしましたら、今のような顔になります」

なんで笑顔に肉汁を盛ろうとする……

「しかし、形から入るのも駄目、内面的な所で攻めるのも駄目、となればどうすりゃいいんだこれ……」

「うーん……あとはまあ、内面的な方向でもう少し踏み込んで、恋愛とかでしょうか？」

「恋愛？　どういう意味でしょうか？」

ピュアリィの何気ない一言に、凛堂先生が反応する。

「ほら、好きな人の前では普通、笑顔になるじゃないですか。プライベートな事かもしれませんが、先生は今までどなたかを好きになった経験はないんですか？」

「恋愛、ですか。正直、全く縁がありませんでしたね。北大路欣也さんは佇《たたず》まいや生き様を崇拝しているだけであって、恋愛の対象ではありませんし……」

まあお堅い感じだし、学生時代も遊んでたっていう雰囲気じゃないしなあ……

「もしかして、巨匠は恋をしているからそのような素敵な笑顔なのですか？」

「……え？」

いきなりな質問に、動きが固まるピュアリィ。

「あ、あはは！　いえいえ、それは私にはまだちょっと早いかなー、なんて。そういう意味でしたらほら、ここにいい実例が」

そう言ってこっちをチラっと見るピュアリィ……なんで俺？

「たしかに赤城君の快活な笑い方は素晴らしいと思いますが、それは恋に起因しているものなのですか？」

「いえ、そんな事はないと思います」

「こ、この男は……」

なぜか失望したようなジト目を向けてくるピュアリィ。だからなんで俺なん——

「あ、なるほど、そういう事か！」

そこでようやく、ピュアリィの言わんとする事が理解できた。まったく、あんな遠回しな言い方しなけりゃいいのに。

「そういう事ならお任せください、先生。俺は恋する少女の笑顔に関してはプロです」

「「え？」」

凛堂先生とピュアリィの声が重なる。なんでピュアリィまで驚いてるんだかは分からんが……とにかく現物を見てもらうのが一番早いだろう。

「先生、これを」

俺はスマホを操作して、三度《みたび》先生に手渡した。

「『ラブスロットル！』……マンガですか？」

そう、それは今現在俺が一番ハマっているラブコメだ。

キャラクターよし、ストーリーよし、作画よしの完璧なラブコメで、現行の作品の中では頂点に君臨すると思っている。

「先生、とりあえず一話だけでもいいんで、読んでみてください」

『ラブスロットル！』の一話は、メインヒロインの日野原好《ひのはらこのみ》が主人公への恋心を自覚する場面で終了する。

そして、最後の大コマで描かれているのは――

「なんですか、これは……」

該当のシーンまで読み終えた様子の凛堂先生は、口に手を当てて目を見開く。

「ただの絵であるはずなのに……なぜ、この子の笑顔はここまで心に響くのですか」

そう、ラブコメ好きの間で伝説とも囁《ささや》かれるこの一話は、好の満面の笑みで終了する。

作画が素晴らしいのは当然だが、そこに至るまでのストーリーの流れと好の心情の変遷描写が実に見事で、最強の笑顔のシーンとなっている。

「この、日野原好という女の子は笑顔が非常に魅力的なキャラクターとして描かれています。実際作中のどの笑顔も非常に素晴らしい……ですが、この最後のコマはそれまでのものとは一線を画している……恋とは、ここまで人を変えてしまうものなのですか？」

ただのマンガと侮る事なかれ。優れた創作物は時として、読む者の精神を作中世界に引きずり込んでしまうような、強烈な力を発する事がある。

「そうです。恋をすると人生が変わるんですよ、先生」

「それを大我さんがドヤ顔で言ってるのがなんかイラッとしますが……」

横でなんかピュアリィがブツブツ言っているが、ここはラブコメの同志がまた一人、誕生した事を喜ぶべきだろう。

とはいえ、恋をしたら笑顔になるっていうのは結果論で、それを今すぐ先生の目的に生かすことは難しいと思うけ——

「……決めました」

「え？」

「私は、恋をします」

「へ？」

「こんな素敵な笑顔ができるのであれば、私は今すぐにでも恋をしたい」

また極端な事を……この凛堂先生、思い込みが激しそうだもんな……

「被《かぶ》るんです」

「え？」

「先日お話しした、目標としている先生……顔は全く似ていないんですが、好嬢の太陽のような雰囲気が彼女のイメージと重なるんです」

なるほど……そういう事情も重なって、その思考に至った訳か。

「──ここまで強い衝動を抱いたのは、教師になろうと決めた時以来かもしれません。私は、この日野原好嬢のような笑顔ができるようになりたい。そして、それを生徒の皆さんに見てもらいたいです」

表情は変わらぬままだったが、凛堂先生からは、迸《ほとばし》る情熱のようなものが湧き上がってきているように感じられた。

「ああっ！」

「うおっ！」

そこでいきなりピュアリィが大声を上げる。

「ど、どうした？」

「い、一気に跳ね上がりました……こ、この感じは…………来ます！」

ピュアリィのその言葉とほぼ同期して──

「うわあああああっ！」

俺の隣にいたピュアリィが、凍り付いた。

比喩ではなく、ガチで。

その体表は氷で覆われ、彫像のように固まるピュアリィ。

「お、おい！　だ、大丈夫か、ピュアリィ！」

声をかけるも、全く反応はない。

人間（天使だけど）を一瞬にして凍らせるなんて、こんな芸当ができるのは――

「ん？」

俺の考えを裏付けるようにポケットのスマホが振動したので、すぐさま確認する。

『ラブコメマスター　更新』
新たな『ラブコメ魔法』の発動を検知
【魔法　アイス】×【ラブコメ　普段は明るい女の子が見せるクールな一面っていいよね】
『解除方法　凛堂零が自然な笑顔を見せる事』

これ……どう考えても発動者は凛堂先生って事だよな？

ま、まさかここにきて新たな『ラブコメ魔法』の使い手が増えるとは……

「これは……どういう事ですか？」

さしもの凛堂先生も驚愕《きょうがく》に目を見開いて、氷漬けになったピュアリィを凝視している。

だが、先生への説明は後回しだ。まずはピュアリィの安全を確保しないと。

コールドスリープみたいな状態なんだったらいいけど、そうじゃなかった場合、呼吸もままならないはずだ。

いくら丈夫なピュアリィとはいえ、早くなんとかしてやらないと危ないかもしれない。

「ピュアリィ」

「…………」

呼びかけるも、反応は無し。

「おい、ピュアリィ」

「…………」

そーっと拳でコンコンしてみるも、氷の中のピュアリィは微動だにしない。

まずいな……力ずくで壊すのは怖すぎるし、溶かそうにもここまで巨大な氷塊に効果を発揮しそうな火種なんてそう簡単に見つかりそうにない。

「どうすりゃいいんだ、これ……」

「赤城君」

お手上げ状態の俺に、凛堂先生が歩み寄ってくる。

「全く以《もっ》て理解できない状況ですが、今優先すべきは事象発生の理由よりも、巨匠の解放と判断します」

流石というかなんというか、超常現象を目の当たりにしても狼狽《うろた》える事なく、冷静に状況を分析している。

「ふむ……これなら大丈夫ですね」

そして、何かを確認するように、氷塊に手を当てる。

「大丈夫って、何がですか？」

「破壊します」

「ええっ！　い、いや、昨日みたいな回し蹴りとかやったら、ピュアリィごと壊れちゃうんじゃ……」

「心配ご無用。巨匠には絶対に被害が及ばない力加減と、角度の解は見えました」

そして、

「こおおおおおお」

凛堂先生は静かに、そして深く呼吸を整え、

「閃《セン》ッ！」

目にも留まらぬ速さで手刀を一直線に振り下ろした。

次の瞬間――

ビキビキビキ！　と氷塊に亀裂が走り、

「ぶはーっ！」

勢いよく砕けて、ピュアリィは解放された。

「お、おい、ピュアリィ、頭は大丈夫か？」

「場所がおかしいでしょ！　まず身体《からだ》の心配をしてくださいよ！」

「はっ！　す、すまん」

ふざけてとかではなく、ガチで間違った……

「まったくもう……」

「悪い悪い……で、マジで身体の方は大丈夫なのか？」

「あ、はい。どういう仕組みかは分かりませんが、呼吸は問題無くできましたし、ほんのりと涼しいくらいで、極端な寒さも感じませんでした」

「そうか……ん？」

そこでまた『ラブコメマスター』が更新された。

「なになに……『解析しました結果、今回の案件で発生するものは、厳密には氷そのものではなく、それに限りなく類似した性質を持つ魔法物質です。たとえ力任せに破壊したりしても、その衝撃が中の人物に及ぶような事はありませんのでご安心ください』だってさ」

この前のシフォンのは『魔力』が暴走した特例で、基本的に、『ラブコメ魔法』によって対象者に危険が発生する事はないっていう話だったしな。

「なるほど。動く事はできませんでしたが、外の様子もちゃんと見えてましたしね。先生、助けていただいてありがとうございます」

「いえ、私はできる限りの事をしたまでです……ですが巨匠、あなたの身に一体何が起こったのですか？」

「ああ、それはですね――」

「おい、なんか変な音しなかったか？」「ああ、あっちの方からだな」「え？　なんで氷の塊が散乱してんだ？」

まずいな……みんなの注目が集まってしまっている。こんな人目に付く場所で凛堂先生の『ラブコメ魔法』が発動したら、パニックになりかねない。

「先生、詳しく説明しますので、場所を変えていいですか？」

俺がそう提案し、凛堂先生も頷《うなず》いたその瞬間――

「うわっ！」

ビキリ、という音がしてまたピュアリィの身体を氷が襲った。

「な、なんですか、これ……」

幸いにも今回は全身ではなく、一部のみ。ただ、その部位は――

「こ、氷の……おっぱいみたいです」

そう、ピュアリィの胸部に、巨大な球形の氷塊が二つ貼り付いていた。

「お、また『ラブコメマスター』に補足が出たぞ。なになに……『解析の結果、今回のラブコメ要素は、普段は明るいピュアリィさんのクールな一面を見せていただく、というコンセプトのようです』だってさ」

「クールの意味がおかしいでしょ！　ていうかむしろ逆で完全にギャグじゃないですかこれ！」

ピュアリィは無理矢理《むりやり》アイスオッパイを引き剝《ひは》がす。

「な、なんですかこの失礼な『ラブコメ魔法』は……人が貧乳だと思って完全に馬鹿にして——って誰が貧乳ですか！」

なんで自分から傷つきにいくんだろう……

「まったくもう……出すんならせめてもっとクールな形のものに——」

ニョキ。

「だからっておっぱいからツララ生やさないでください！」

5

「……成程。状況は把握しました」

人気《ひとけ》のない体育館裏で、俺から『ラブコメ魔法』についての説明を受けた凛堂先生は、軽く頷きながら言葉を発した。

「『ラブコメ魔法』などという非科学的な現象、にわかには信じがたいのですが……ここまで実物を目の当たりにしたら、認めざるをえませんね」

その視線の先にはピュアリィの姿が。

ポキン。

ニョキ。

ポキン。

ニョキ。

ポキン。

ニョキ。

「何回折ってもすぐ生えてきますよこのツララおっぱい！」

「……巨匠。私のせいで誠に申し訳ございません」

ピュアリィの傍《そば》まで歩み寄っていき、深々と頭を下げる凛堂先生。

「あ、いえいえ。勝手に発動しちゃってるものなんで、先生に責任は全くありませんよ」

「お心遣い、痛み入ります。ですが、いつまでもこのままという訳にもいきません」

「そ、それはそうですね。私もずっと尖《とが》ったおっぱいのままじゃ困りますし……よいしよ」

ポキン。

ニョロ。

「今度はなんか蛇みたいなの生えてきました！」

たしかに螺旋状《らせんじょう》の氷が乳から生えている。尖ってちゃ困るとか言うから……

「やはり、早急に解除せねばなりませんね」

それはそうなんだけど——

「これ以上巨匠にご迷惑をおかけする訳にはいきませんから。その為《ため》には、早く笑わなくては」

にちゃあ……

さっきまでとまるで変わっていない。いや、気負っている分、更に笑顔から遠ざかっているような気さえする。

「まいったな……一体どうやって先生に笑ってもらえれば――」

「赤城さんがフルチ〇コダンスを披露すればよろしいのでは？」

「うおうっ！」

いきなり耳元で囁《ささや》く声がした。

「お、お前……いつの間に……」

音も無く現れたその少女――君影静《しずか》は、驚く俺とは対照的に、いつも通りの穏やかな笑みを浮かべていた。

「やはり、『ラブコメ魔法』が発動していたんですね。校庭の方で、謎の氷の塊が散乱していると軽い騒ぎになっていましたので、もしやと思い赤城さんを探しておりました」

「そ、そうか……それはいいんだが、お前今、なんて？」

君影はもう一度俺の耳元に口を寄せ、

「赤城さんがフルチ〇コフルコースを披露すればよろしいのでは？」

「さっきと言ってる事違いますけど！」

俺のツッコミは意に介さず、君影は凜堂先生の方へ向き直る。

「凜堂先生。私も『ラブコメ魔法』の発動者の一人です。僭越《せんえつ》ながら解決にお力添えさせていただきます」

「君影さんも『ラブコメ魔法』を……そうでしたか」

どうやら二人は初対面で無い模様……ああ、君影のクラスでも数学の授業を担当してるんだったな。

「あなたのような笑顔が素敵な女性に協力していただけるのは、非常に心強いです」

まあ嘘《うそ》だらけの笑顔が先生の参考になるかは別問題として、機転が利く君影が助《すけ》っ人《と》に来てくれたのはありがたい。

「何やらピュアリィさんも――というかピュアリィさんが大変な事になっているようですね」

「そうだな、さっきからあんな調子で――」

ポキン。

ニョロロロロロロ。

「渦巻きすぎて蚊取り線香みたいになってます！」

……危険はないんだろうけどさすがに哀れだし、早くなんとかしてやりたい。

明する。

「赤城さん、状況を教えていただけますか」

君影に促された俺は、先生の笑顔に関する経緯と、今回の『ラブコメ魔法』について説

「──という訳でなんとかして先生に、自然な形で笑ってもらわなけりゃならないんだ」

「成程。ありがとうございます。状況は把握できました」

君影は人差し指を唇に当て、にっこりと微笑《ほほえ》む。

「それならば、解除は簡単です」

「「え？」」

俺と先生の声がハモる。

ポキン。

オニューン。

「へ？　な、なんか口に向かって伸びてき──フゴッ！　フゴフゴッ！」

そして続くピュアリィの氷おっぱいバリエーション。

「君影、簡単ってどういう事だ？」

ここまで先生がいかようにしてもうまく笑えなかったのは、今さっき伝えたばかりだ。

「ふふ、それはですね──」

君影はもったいぶった感じで三度《みたび》、俺の耳元でそっと囁く。

「赤城さんがフルチ○コンボ十連を決めればよろしいのでは？」

「どこの格ゲーだよ！」

「冗談です」

君影は頬《ほお》に手を当てながらくすくすと笑い、凛堂先生の方に向き直る。

「凛堂先生。私は先生の『自然に笑いたい』という欲求に対する答えを持ち合わせています」

「はい。君影さんが嘘を吐《つ》くとは思えません。是非ともご教授願いたいです」

嘘塗《まみ》れなんですけどね、こいつ……でも、こういう場面で適当な事を言わない奴《やつ》だというのは俺も全面的に同意する所だ。

君影がここまで言うからには、何か確信があるんだろう。

「勿論《もちろん》です。ですが、それには痛みが伴います。そして私のような若輩者が教育者である先生に対して、非常に失礼な物言いをする事になるかもしれません。それでもよろしいでしょうか？」

痛み？……君影は一体何を言おうとしてるんだ？

「はい。構いません」

君影の問いに対して、先生は迷い無く即答する。

「畏《かしこ》まりました。ですが、その前にまず前提として確認です。先生の今回の要望は、あくまで最終的な目的に至るまでの手段の一つという認識でよろしいですか？」

「その通りです。私の最終的な目標は『キュートで皆さんから慕われるような教師になる事』です。『自然に笑いたい』というのはその為の一ファクターに過ぎません」

「お答えありがとうございます。でしたらやはり、答えは簡単です」

君影は微笑みを浮かべたままで、告げる。

「『キュート』である事を諦めてください」

「……え？」

凛堂先生の目が見開かれる。

「君影さん、仰《おつしや》っている意味が分かりません。そこを違《たが》えてしまっては、私が教師である意味がなくなってしまいます」

「いいえ」

君影は柔和に、それでいて力強い声色で言い切る。

「先生が『キュート』であろうとする事は、本当に『ありのまま』なのでしょうか？」

「ありの……まま？」

「はい。私が拝見した先生の授業中の姿は、理知的で聡明《そうめい》で……お世辞抜きに本当に格好のいいものでした。一言で表すなら正に『クール』です」

「………………」

「先生の恩師が非常に可愛《かわい》らしい方で、そこを目指されているのは先程赤城さんからご説明いただきました。ですが、凛堂先生の本質は客観的に見て『クール』です。そこを無理にねじ曲げる必要があるのでしょうか？」

「……それは薄々感じています。私にはもしかして『キュート』は無理なのではないか、と。ですが、諦めたくないんです。どんなに可能性が低くても理想を目指して努力を続けたいんです」

「申し訳ありませんが、それは不可能かと」

「なぜですか？」

「私には分かるんです。仮に先生がうまく『キュート』を装って、笑い方も自然に見えるように取り繕えるようになったとします。ですが、それは本当の笑顔ではありません」

君影の口調は終始穏やかなものだったが……なんだろう、この違和感は？

「『ありのまま』の自分を隠しての笑顔なんて……なんの価値もないんです」

何か、先生に対してというよりも、まるで――

「君影……さん？」

それは先生にも伝わったようで、軽く首を傾《かし》げている。

「あら、私とした事が少し回りくどかったですね」

君影はそこで空気を変えるように、手のひらをぽん、と打ち合わせた。

「ふふ、つまり先生は『クール』なままで十分素敵ですよ、というお話です」

そう言って、一際柔らかい微笑みを見せる君影。

「『クール』なままでいい……ですが、それでは生徒の皆さんもとっつきにくいのでは……」

「そんな事ないと思います」

俺は、反射的に口を挟んでいた。

「先生が頑張ってるんで、なんか言い出し辛《づら》かったですけど……そうじゃないですよね。本当に先生の事を思うんだったら、君影みたいにはっきり指摘するべきだったんです」

「赤城君……」

「正直、あの笑顔をどうにかするのは難しいと思います。それってやっぱり先生が無理してるからじゃないでしょうか」

「そう……なんでしょうか」

「はい。やっぱり自然に振る舞うのが一番だと思います。それに『クール』だから慕われないなんて事は、絶対にありません。だって俺、もう既に先生の事、好きですもん」

「え？」

「生徒の為に一生懸命なその姿、本当に尊敬します。こんなに美人なのにあんな表情まで晒《さら》して頑張って……先生が思っている『キュート』とは違うのかもしれませんが、とってもかわいいと思います！」

「か、かわいい……」

なぜか、先生の顔が少し赤くなる。

「ふふ、赤城さん。その気ゼロなのは重々承知していますが、今のはどう聞いても『女性として』という意味合いに取れますよ」

笑顔の君影に指摘され、はっとする。

「へ？　あ、先生、なんかすみません。そういう事じゃないんです！　な、なんとか『キュート』に近い言い回しをしようと思ってつい……」

「え、ええ……承知しています。私こそすみません。男性にそんな事を言われた経験がないのものでつい……」

「あらあら、恋愛未経験者同士のお見合いみたいな雰囲気ですね」

そう言って微笑む君影だったが……なんか笑顔の中に、ちょびっとだけ怒りが含まれているように思えるのは気のせいだろうか。

「ご、ごほん……ともかく、君影さんと赤城君のお言葉はとても心に響きました」

凛堂先生は少し気恥ずかしそうに咳払《せきばら》いをし、俺と君影に視線を向ける。

「ありがとうございます。少しだけ気分が軽くなったような気がします。ですが……」

先生はそこで少し溜《た》めてから、続ける。

「やはり、不安です。本当に私のような無愛想な人間が、皆さんに受け入れられるのかと。お二人の言葉を疑う訳ではないのですが……」

先生の言葉を受けて、君影が口を開く。

「ふふ、大丈夫ですよ。先生は本当に素敵な方ですから。受け入れるもなにも、生徒の方が放っておかないと思います」

「そうだといいのですが……」

笑顔の君影とは対照的に、先生はどこかまだ浮かない調子だ。

まあそれは致し方ない事だろう。長年の目標だった理想の教師像をいきなり捨てろと言われても、急に納得できる訳がない。

「徐々にでいいと思いますよ。ね？　赤城さん？」

「そうですよ。焦ってもしょうがないですって」

「はい……まずは助言の通り、無理に笑うのをやめる所から始めてみようと思います」

完全には割り切れていない様子だけど、そう思えるようになっただけでも、一歩前進
——ん？

あれ、何か忘れているような……

ポキン。

ビキビキビキ！

「なんですかこの巨大コンペイトウみたいなトゲトゲオッパイは！」

そ、そうだった……なんとかして先生に笑ってもらわないと、ピュアリィが永遠に、一人氷オッパイコントを繰り返す事になる。

「あらあら、困りましたたね。せっかく先生が無理矢理《むりやり》笑うのをやめる決心をなさったのに」

「ああ、私が上手《うま》く笑えないせいで巨匠にご迷惑が……」

「あ、あはは！　気にしないでください、私なら大丈夫ですか——ぐあああああっ！」

肥大化したコンペイトウオッパイが左右時間差で弾《はじ》け飛《と》び、その衝撃でコマのように回転するピュアリィ。

「参ったな……さすがにこのままにしてはおけな——」

「嫌っ！　やめて！」

その時、ピュアリィのものよりも大分切迫した感じの悲鳴が聞こえてきた。

俺達がいるのは体育館の裏側。その声は、曲がり角の向こう――体育館の側面からのものだった。

ピュアリィを除く俺達三人は一斉に駆け出す。

「ちょっと……放してよ！」

「んだよ……そんなに嫌がんなくてもいいだろうよ」

曲がった先にいたのは一組の男女。

女子の方はビブスをつけている――おそらくはうちのバスケ部の子だろう。

男子の方は学ラン。近隣の高校のものだが、そこはあまり柄がよろしくない校風と専らの噂《うわさ》だ。

それだけで判断するのはどうかと思うが、実際、学ランは女の子の手首を摑《つか》んでいた。

「一体何をしているのですか」

凜堂先生は、硬質な声色で問いかける。

「せ、先生っ！」

「あ、テメエ！」

バスケ女子は学ランの手を振りほどいて、先生の傍《そば》に駆け寄る。

「助けてくださいっ！」

「あ？　助ける？　まるで俺が悪い事してたみてえな言い方じゃねえか」

バスケ女子を睨《にら》み付《つ》ける学ランと対峙《たいじ》する凛堂先生。

「嫌がる女性の手首を摑む事は、十分悪事として認識されると思いますが？」

「何すかアンタ？　ここの先生？」

「はい。先日赴任しました凛堂です」

「はっ、なんだよ。新任かよ」

馬鹿にしたように鼻を鳴らす学ラン。

「そういうあなたはどちら様でしょう」

「見りゃ分かんだろうよ。練習試合だよ、練習試合」

学ランは、手にしていた空手のものらしき道着をこれみよがしに見せつける。

「でしたら早く、目的の場所に向かった方がよろしいのでは。武道場はあちらですよ」

「んなのは分かってんスよ。その前に彼女に挨拶すんのはいけない事なのかよ」

「か、彼女なんかじゃない！　一回遊びにつきあったくらいで何勘違いしてんの！」

「だからよ、もう一度遊ぼうって言ってんじゃねえかよ」

バスケ女子の方へ手を伸ばす学ラン。

「待ちなさい。自由交際に口を出す気はありませんが、彼女は明確に拒否しています」

間に入り、学ランの目を見据える凛堂先生。

「……うぜえな、どけよ」

「お断りします」

「おい……生徒の前だからっていい格好見せようとしてんじゃねえぞ」

苛立《いらだ》ったように先生を睨み付ける学ラン。

「せ、先生、そいつ、性格は最低だけど相当強いの。県大会でも上位に入ってるとかで……」

その女子の言葉通り、学ランはただのチンピラとは思えないような迫力を醸し出していた。

「もう一度言うぞ、どけ」

「お断りします」

凄《すご》む学ランに対して、表情を微動だにさせない凛堂先生。

「はっ……」

学ランは怒りを加速させる事はなく、逆に笑う。

「すげえな先生、女にしては大分肝が据わってんじゃねえか」

学ランは少し感心したように一歩後ずさり、

「破ッ！」


「うおっ！」「きゃっ！」

俺と女子の声が同時に発せられる。

なんと、学ランは凛堂先生の顔面に向かって、正拳突きを放っていた。

「………………」

その拳は凛堂先生の顔面に当たる事はなく、皮一枚の所で止められていたが――

「………………」

無言のまま立ち尽くす凛堂先生の身体《からだ》は震えていた。

「はっ！　当てる訳ねえだろバーカ！　こんくらいでビビるんならしゃしゃり出てくんじゃねえよ」

……流石《さすが》に堪忍袋の緒が切れた。

「お前……いい加減に——」

そこで、俺の肩に手が置かれる。

「君影？」

君影は無言のまま首を横に振る。

そして、凜堂先生の方を見て微笑んだ。

「大丈夫です」

「大丈夫って、何が——」

君影の視線の先、凜堂先生は、すう、と息を吸い込み——

「喝ッ！」

大気が、震えた。

いや——大気が張り裂けたかと錯覚する程の大音声《だいおんじょう》。

少し離れた場所にいる俺でさえ、思わず後ずさってしまうような裂帛《れっぱく》の気合い。

音の爆弾とでも言うべきそれを、まともに受けた学ランは——

「う……あっ！」

足をもつれさせて倒れこみ、尻餅をついてしまった。

凛堂先生はぞっとするような視線で学ランを見下ろし、

「武を徒《いたずら》に脅しの道具に使うなど言語道断。恥を知りなさい」

「……………………っ」

学ランは何かを言い返そうとするも、言葉が出てこない。

二人の武道家としての……いや、人間としての格付けは完全に決まってしまっていた。

凛堂先生はそんな学ランに興味を無くしたように振り返り、バスケ女子に視線を向ける。

「大丈夫でしたか」

「……………………」

その子は下を向き、小刻みに身体を震わせていた。

「………………イヤッ」

拒絶を示すその言葉に、凛堂先生の表情が曇る。

「申し訳ありません……怖がらせてしまったようですね」

「…………………………」

「やはり、私はどうしようもない教師です。守るべき生徒にこのような思いをさせてしまうなど……これでは生徒に慕われる事など夢のまた夢で――」

「――イヤッッッバい！」

「……はい？」

女子は顔を上げ、表情を思いっきり輝かせた。

「ヤバい……ヤッバ！　マジでヤバいよ先生！　超かっこいいです！」

「かっこいい？……あなたは私を恐れて震えていたのでは？」

「助けてくれたのにそんな訳ないじゃん！　ほんとにありがとうございます！　凄い！　マジでかっこいい！　憧れちゃいますっ！」

瞳を輝かせて先生を見つめる女子。その表情に嘘《うそ》が無いのは誰の目にも明らかだった。

「い、いえ……そんな事はありません。私の理想はもっと穏やかに場を収める事で――」

「何言ってんの先生！　ガツンとやってくれてほんっとにスッキリしました！　マジで痛快！　私……将来は先生みたいなかっこいい女の人になりたい！」

「私の……ような？」

「はい！」

「ですが、私は愛想もありませんし、言葉も女性的ではありませんし、あなた達にうまく笑いかける事さえできない、どうしようもない女です」

「え？」

バスケ女子の目が点になる。

「あはは！　なにそれ、意味分かんない。先生、こんなにクールでイカすのに、なんでそんな事気にしてんの？」

「クール……ですか」

それは、凛堂先生にとって歓迎すべき評ではない。

「それなのに……なぜあなたはそんな表情を向けてくれるのですか？」

「へ？」

「私はこんなにも情の薄い人間なのに……あの人とは正反対なのに……なぜあなたは、昔、私があの人に向けたような……キラキラした目を見せてくれるのですか」

「ん？　ちょっと何言ってるか分かんないなー」

不思議そうに首を傾《かし》げるバスケ女子。凛堂先生が教師を志した事情を知らなければ、当然そうなるだろう。

「ていうか『なぜ』とか関係無いし。直感でかっこいい！　って思っただけだし！」

「――っ！」

知らない彼女の、その反応こそが答えだった。

「私も……そうでした」

凛堂先生は、何かを思い出したかのように、天を仰ぐ。

「理屈ではありませんでした……私もあの時ただただ、この人みたいな先生になりたいと思っただけでした」

そして、バスケ女子に向き直る。

「ありがとうございます」

「え？」

「あなたのおかげで――少し前に進めた気がします」

「は……はあ……」

混乱するバスケ女子と、迷いを振り切った様子の先生。

その傍で――

「………ざけんな」

昏《くら》く呟く声が聞こえ、

「…………このクソ女が」

学ランがのそりと立ち上がる。

「せ、先生っ！　後ろっ！」

俺は反射的に声をあげ、

「……え？」

それに反応した凛堂先生が振り返るが……だ、駄目だ、間に合わない！

「くっ……」

身体が勝手に動き、俺は瞬間的に駆けだしていた。

「舐《な》めてんじゃねえぞテメエッ！」

羞恥と怒りがない交ぜになった学ランの拳が先生を襲う。

「ぐっ！」

が、間一髪、身を滑り込ませる事に成功し、学ランの拳は俺の顔面を打った。

「――――っ！」

俺はもんどり打って地面に倒れこむ。

「あ、赤城君っ！」

凛堂先生が血相を変えて駆け寄ってくる。

「だ、大丈夫ですか、赤城君」

「あ、はい……角度的に直撃ではなかったんで」

とはいえ、空手の実力者だという人物の一撃は軽くはない。口の中に血の味が広がっていた。

「な、なに邪魔してんだよお前……てか、別に本当に当てるつもりは……」

学ランの顔が青ざめている。練習試合先の他校で暴力事件を起こしたとあっては――しかも武道系の部活の一員である人間が――厳罰は免れないであろう。

「何をしている貴様っ！」

そこで聞き覚えのある怒声が響いてきた。

「こ、この学校、警備員なんていんのかよ……ち、違えぞ！　こいつが勝手に先公との間に割り込んできて……」

「おい……では何か？　赤城君が入らなければ、凛堂教諭に危害を加えようとしていたという事か？」

「ち、違う！　だから当てるつもりなんて無かったんだってのを！」

「害意の有無は問題ではない。女性に拳を向ける行為自体が恥ずべき事だと思わんか？」

「ぐ……う……」

「一緒に来てもらおうか。君は練習試合に来た他校生か？　ならば顧問の先生も同行しているはずだな。そちらも交えて事情を説明してもらおうか」

「……………………」

観念したらしい学ランは、無言のまま俯《うつむ》いてしまった。

「凛堂先生。赤城君の方はお願いできますでしょうか」

「はい、お任せください」

凛堂先生の頷《うなず》きを受けた警備員氏は、学ランと連れ立って歩いていった。

「よかった。とりあえずこの場は収まりましたね」

俺は胸を撫《な》で下《お》ろしながら、唇から僅かに滲《にじ》んでいる血を、手で拭おうとする。

「……え？」

が、その前に何かとてもいい香りのするものが割り込んできた。

「せ、先生？」

それは凛堂先生のハンカチ。

「い、いいですって！　汚れちゃいますから」

「赤城君」

「うっ……」

凛堂先生の鋭い視線が突き刺さる……怒ってる？

「助けていただいた事には感謝します。ですが、なぜあんな危険な真似《まね》をしたのですか？」

「なぜって……理屈じゃなくて身体が勝手に動いたというか。まあこの程度で済んだからよかったで――」

「よくありません！」

凛堂先生の怒声が響く。

「こんな事……こんな事、絶対にあってはなりません。舞い上がり、浮かれた挙げ句、あのような分かりやすい害意すら察知できず……守るべき生徒に逆に守られ、あまつさえ怪《け》我《が》をさせてしまうなんて……私は本当に教師失格です」

凛堂先生のせっかく取り戻しかけた自信が、また失われようとしていた。

それは、教育者としての立場からすると当然の悔恨なのかもしれない。

「赤城君、約束してください。今後、絶対にこんな無茶《むちゃ》な事はしないと」

でも――

「嫌です」

それ以上に大事な事だってあるはずだ。

「先生、俺からも言わせてもらいます。先生だ教師だとかそういう立場以前に……目の前で危険な目にあってる女の人をほっとくなんて、男として失格なんですよ」

「……え？」

俺は先生の瞳を見据えて、言う。

「だから俺は次に同じ事があったら同じ事をします。生徒としてではなく、赤城大我として」

凛堂先生は一瞬呆《ほう》けたような表情を見せた後、

「そ、そう…………ですか」

「…………」

「…………」

お互いに次の言葉が出てこず、見つめ合うようになってしまう俺と凛堂先生。

その沈黙を破ったのは――

「クサッ！」

バスケ女子の一言だった。

「う、嘘でしょ……こんな恥ずかしいセリフ生で言った人、初めて見た……」

え？……

「赤城さん、私も全面的に同意します。行為自体は非常に勇ましくて讃《たた》えられるべきものなのですが……今のお言葉は端的に申し上げて、少し痛々しいです」

き、君影まで……う、嘘だろ？

「せ、先生！　そんな事ないですよね！」

「…………………」

「せ、先生？」

「いえ……私も言われた瞬間は心に沁《し》みたのですが、落ち着いて思い返してみると……自分だったら後で死にたくなるようなセリフだなと」

「アンタが何気に一番ひでえな！」

声を張り上げる俺に、バスケ女子と君影が破顔する。

「あはは！　赤城君だっけ？　きみ、おもしろいね」

「ふふ、これが赤城さんの平常運行ですけどね」

く……と、当然の事を言っただけなのに……

「赤城君」

「あ、はい」

「少し茶化《ちゃか》してしまいましたが、やはり自らの危険を顧みない行為は教師として窘《たしな》めなければなりません」

「す、すみません……」

「ですが――」

先生はそこで少し間をおいて、俺の目を見据えた。

「私を身を挺《てい》して助けてくれた事……あなたに倣って言えば、一人の女性としてとても嬉《うれ》しかったです。ありがとうございます」

そして深々と頭《こうべ》を垂れる。

「あ、いえ、そんな……」

顔を上げた凛堂先生は、再び俺に視線を向ける。

「赤城君、あなたは不思議な男の子ですね」

「あ……」

「どうしました？」

「笑った……」

「え？……」

「先生、今……笑ってましたよ」

とても自然に――そしてとても魅力的に。

「ん？　待てよ、と、いう事は――」

そのタイミングで、ミッションクリアを示すファンファーレがスマホから鳴り響いた。

よし！　その達成過程はちょっと不本意だけど、まあ結果オーライだ。

「ふふ、赤城さんのおかげで一件落着ですね」

君影も嬉しそうにぽん、と両手を合わせる。

「で、でもまずくない？……なんかこれ先生の雰囲気まずくない？」

「ん？　なんか言ったか？」

「いえ、なんでもありませんよ」

もの凄く小声でなんか漏らしたように聞こえたんだけど……気のせいだったか？

「私が……笑った？」

凛堂先生は不思議そうに自分の頬《ほお》に手をあてている。

「全く意識していなかったのに……」

「ふふ、笑いとは本来そういうものなのではないでしょうか。とても素敵な笑顔でしたよ」

同じく頬に手をあてて、凛堂先生に微笑みかける君影。

「結果論かもしれませんが、生徒からの信頼を得られたのも、今笑えたのも、先生が自然なお姿でいたからではないでしょうか」

「これが……君影さんの言っていた『ありのまま』という事なんでしょうか？」

「はい。私はそう思います」

「素晴らしい……君影さん、あなたは本当に素晴らしい。年齢にそぐわぬ落ち着きと風格、そして溢《あふ》れる包容力と知性……世が世ならば王の器と呼んで差し支えありません。私の恩人でもあるあなたを今後、王匠とお呼びしてもよろしいでしょうか？」

「ふふ、それだと将棋か餃子《ぎょうざ》のお店みたいですよ、先生」

「ああ、そうかもしれませんね」

凛堂先生は君影にそう返して、また笑った。

その微笑みは柔らかく……とても、自分の事を無表情と評していた人のものとは思えなかった。

「先生が『ありのまま』でいられるようなお手伝いができてよかったです」

……あれ？

俺はふと、君影のその笑顔に違和感を抱いた。

分かっている。君影のこのお嬢様然とした姿は擬態で、本性は下ネタ大好きっ子だっていう事は重々承知している。

だけど、それを差し引いても――

「あ、皆さーん！」

そこに、やたらに能天気な声が割り込んでくる。

「お、ピュアリィ。氷が解除されたんだな」

「はい！　ご覧ください、この通りです」

ピュアリィは得意げに、胸を突き出してえっへんポーズをして見せる。

……しかし悲しいほどにぺったんこだな。

「元に戻ったという事は、先生が上手《うま》く笑えたって事ですよね。えへへ、よかったです」

俺がこの上なく失礼な感想を抱いているとは露知らず、ピュアリィは顔を綻ばせる。

「おお、やはり巨匠の笑顔は素晴らしいです」

「えへへ、ありがとーございます！　あれ、先生も何か雰囲気が柔らかくなってますね」

「はい、赤城さんや王匠のおかげです」

「ふふ、私は何もしていませんよ」

底抜けに明るいピュアリィ。

柔らかくなった凛堂先生。

優雅かつ悠然とした君影。

それぞれが浮かべる笑顔は三者三様だったが——

「………」

「赤城さん、どうかしましたか？」

「ん、あ、ああ、いや、なんでもない」

やっぱり、気のせいじゃないよな。

俺には他の二人のものに比べて、君影の笑顔が――

「そうですか？　ふふ、おかしな赤城さんですね」

とても嘘《うそ》臭く感じられた。

＊

「うううううううう」

「お嬢、掃除の邪魔だからベッドの上でうずくまるのやめろ」

「無理ぃ……私、自分は全然伝えられてないくせに、凛堂先生にものすごく偉そうな事言っちゃった。明日からどんな顔して会えばいいか分からないお」

「ウザいから語尾に『お』とか付けるなこのクソオタク」

雪村《ゆきむら》さんの辛辣な言葉も気にならないくらい、今の私は羞恥の極みにいた。

この前みたいな激しく身もだえする感じじゃないけど、それとはまた別種の恥ずかしさだよぉ……

「ああ……顔から火が出ちゃいそう」

私は顔を手で覆って、うずくまったまま身体を捩《よじ》らせる。

ウゴウゴ。

「どけ」

ウゴウゴ。

「どけ」

ウゴウゴ。

「この世からどけ」

「ぐえっ！」

私はシーツごとひっぺがされて、ベッドから転落した。

「うう……ひどいよぉ……」

「何があったか知らんが、粋がって余計な事を言ったみたいだな」

「うん……感情表現があんまりうまくない新任の先生に、『ありのまま』の方が素敵ですよ、なんて上から目線で言っちゃったの」

「ウザッ」

「ですよねえええええええっ……」

でも、結果的に凛堂先生が素敵な笑顔を見せられるようになったのは、本当によかったよね。

最後にちょっとだけ、大我君に対してドキッとしてたように見えたのが気になるけど……教師と生徒だし、まさかね。

「で、例の赤城大我にもまだ本当の自分は伝えられてない、と」

「……うん」

友達にも、先生にも、好きな人にさえ『ありのまま』を伝えられない……本当に自分が嫌になる。

「その赤城大我の事だがな……少し調べさせてもらった」

「え？」

「お嬢に変な虫が付いては旦那様に申し訳が立たないからな」

「い、いつの間にそんな事を……」

「学校にも潜入していたんだが、気付かなかったか？」

「ぜ、全然……」

この人、ほんとに異常な位の隠密《おんみつ》スキル持ちだからなあ……

「……で、どうだった？　雪村さんの目から見て大我君は」

別に、雪村さんに認められなきゃいけない訳じゃないけど、やっぱりお姉ちゃん代わりの人には応援してほしい。

大丈夫、大我君は素敵な人だから、雪村さんも気に入ってくれるはず。

「釣り合わないな」

「え？」

「お嬢と赤城大我では釣り合わないと言った。残念ながら二人の交際は認められない」

雪村さんの口から出てきたのは、予想外の否定の言葉。

「そ、そんな……雪村さんはまだ大我君の事、分かってないよ。そりゃあ大我君のおうちは名家とかじゃないかもしれないけど、そんなの関係無しにあの人は——」

「お嬢、何か勘違いしてないか？」

「へ？」

「私は、お嬢が赤城大我の相手に相応《ふさわ》しくない、と言った」

「えっ……」

「学業優秀、スポーツ万能、容姿もなかなかに整っている……が、それらの要素は先天的に与えられたものではなく、不断の努力によって後天的に身につけたものだ。そして何より考え方に一本筋が通っている。はっきり言ってあれはいい男だ」

「だ、だよね！　そうなの！　大我君はものすごくかっこいいの！」

「だな。そしてよく聞きもせずに、自分が『上』だなどと勘違いしたものだな。恥ずかしいぞ、お嬢」

「――――っ！」

自分の顔が瞬間的に真っ赤に染まるのが分かった。

「だっ……だだだ、だって雪村さんが誤解させるような言い方するから……」

「そうだな、お嬢を辱めるのは私の趣味だからな」

うう……雪村さんの意地悪。

「赤城大我の事に話を戻すぞ。まあラブコメに対する愛情が強すぎて、多少気持ち悪い事は否めないが、そこを愛嬌《あいきょう》として捉えられるならさしたる欠点ではない。密《ひそ》かに懸想している女子も少なくないんじゃないか？」

そ、そうかも……少なくともシフォンちゃんは大我君にメロメロだし……なんとなく、ピュアリィちゃんとか凛堂先生も後々危険な事になりそうな香りがする。

「その中の一人であろう神代シンフォニア……はっきり言ってあの娘は赤城大我と相性バ

ッチリだな」

「うっ……」

分かっていた事だけど、他人から改めて指摘されるとグサッとくる。

「見た目もかわいいし、性格もかわいいし、行動もかわいいし、ぶっちゃけ最強だろアレ。あんなんされたらお嬢なんかそりゃ敵《かな》わんわ」

「ううっ……」

「そして何より、お嬢と違って非常に素直で、隠し事なんかしてないだろうしな」

「うぐうっ……」

も、もうやめて……私のライフはゼロだよぉ。

「彼の好きなラブコメで言えば、神代シンフォニアは王道のメインヒロイン。お嬢は二面性——いや、三面性を持ったギャグ要員って所だな」

「ギャ、ギャグ要員だなんてそんな……」

「屋敷内をビキニアーマーで徘徊《はいかい》するような奴《やつ》の、どこがギャグじゃないんだ」

「……ほんとは全裸だったんだけどね」

「何か言ったか？」

「う、ううん、なんでもない！」

「まあともかく、だ。負けるぞ、このままでは」

「そ、そんなの分かってるよ……私なんてシフォンちゃんのかわいらしさの足下にも及ばないって……でも、フラれるにしても、せめて『ありのまま』を伝えてからじゃなきゃって思って……」

「違う」

「え？」

「私はこのままでは負ける、と言ったんだ」

「ど、どういう事？」

「逆転の秘策がある」

「ほ、ほんとに!?　お、教えて雪村さんっ！」

私は目の色を変えて雪村さんに縋《すが》り付《つ》く。

「寄るな、暑苦しい」

にべもなく押し返されるけど、ここで引く訳にはいかない。

「お願い、大我君に好きになってもらえるんだったら何でもするから！」

「そこが根本的に間違ってると言ってるんだ」

「え？」

「何もするな」

雪村さんの口から出てきたのは、とてもシンプルな言葉。

「それって……どういう事？」

「言葉通りだ。他に含意はない」

「雪村さん、何言ってるの？　何もしなかったら今までと同じだよ」

「違う」

「な、なんの問答なの？　全然分からないよ」

「お嬢……お前はとても頭がいい。学問においてもそうだが、点数だけの頭でっかちという訳でもなく、実生活においても機転や応用が利く。真の意味で聡明《そうめい》な人間と言えるだろう」

「あ、ありがと……」

いきなりだったけど、雪村さんが褒めてくれるなんて珍しいからちょっと嬉《うれ》し——

「それが何故《なぜ》、自分自身の事になるとここまでクソバカなんだ。死ねばいいのに」

「ひどっ！」

上げて下げるってレベルじゃない……

「お嬢は赤城大我に『ありのまま』をさらけ出せなくて苦しんでいるんだったな」

「う、うん……」

なんか話があっちこっちに飛ぶなあ。

「それは何故だ？」

「だ、だって……好きな人に――お友達にもだけど――本当の自分を偽ってるなんて不誠実かなって……でも、こんな陰キャの本性晒《さら》したら嫌われちゃうに決まってるし……」

「だからそこが根本的に間違ってると言ってるんだ」

「ふがっ！」

雪村さんが私のほっぺを鷲掴《わしづか》みにする。

「いいかお嬢。お前のその陰キャで人見知りでコミュ障な所がな――」

雪村さんはなぜかそこで一旦言葉を止める。

「陰キャで人見知りでコミュ障な所がな、か……」

か？……

「か……か……」

なんだろう。雪村さんにしては珍しく歯切れが悪い。

「…………」

そして完全に黙ってしまった雪村さんは、私のほっぺを解放し、目を逸《そ》らして――

「カスだ」

「ひどいっ！」

あ、あんなにもったいぶって言いたかったのって『カス』なの？

「そ、そんなの言われなくても自分が一番分かってるよお……」

私はちょっと涙目になってしまう。

「……違う。お嬢、私が言いたかったのはそういう事じゃないんだ」

「え？　じゃあ、本当はなんなの？」

「お嬢の陰キャで人見知りでコミュ障な所が、かわ……」

「かわ？」

「かわ……かわい……」

さっきよりはちょっと進んだけど、同じようにして止まってしまう。

「…………」

そして再びのだんまり……そんなに言いづらい事なんだろうか。

かわい？　その後に続く言葉って——

「川相《かわい》のバントは芸術的だったな」

「なんで急に往年の巨人軍の話したの⁉」

雪村さん年齢的に絶対その世代じゃないでしょ……いや、それより若い私が分かるのもどうなんだって話だけども。

「……違う。お嬢、私が言いたかったのはそういう事じゃないんだ」

「え？　じゃあなんなの？　もっとはっきり言ってくれないと分かんないよ」

「うるさい黙れ」

「ふがっ！」

そして再びのほっぺ鷲掴み……ここまで清々《すがすが》しい逆ギレもそうそう無い。

「とにかく、だ。今のままではお嬢に勝ち目はない。早急になにがしかのアクションを起こせ」

「へ？　さっひははにもふふなって（へ？　さっきは何もするなって）……」

「ああ、そうだな」

ほっぺを掴まれてるんでまともに喋《しゃべ》れないけど、雪村さんには聞き取れてるみたい。でも、私には逆に雪村さんの言っている事がちんぷんかんぷんだった。

「行動した上で何もするなと言っている」

「……ほんひ？（とんち？）」

「違う。それだけでお嬢の恋が成就する可能性が上がると言っている」

……本当に意味が分からない。たしかに『ありのまま』を伝えなきゃとは思ってるけど、それは大我君に私の醜い部分を見てもらうって話であって……雪村さんの言う『何もしない』は何かプラスに働く感じの意味合いっぽいから、それとは違うよね。

「と言っても自分からは動けないだろうから、具体的に指示してやる。今度の日曜日、彼をデートに誘え」

「ふふっ……⁉（ぶふっ……⁉）」

吹き出しそうになったけど、状態が状態なので吹き出せない。

「ふ、ふひふひ……へっはひむひ！（む、無理無理……絶対無理！）」

「いいからやれ。旦那様をダシに使っていいから、お父さんの誕生日プレゼントを選ぶのを手伝ってとかなんとか適当にでっちあげて、とにかく街に連れ出せ」

きゅ、急にそんな事言われても……

「これは命令だ。期限は明日。もしできなかったらお嬢と私の仲もこれまでだと思え」

「ほ、ほんはあ……（そ、そんなあ……）」

いや、自分が上だなんて事は思ってないけども、雇い主の娘にここまで高圧的に出るメイドさんって一体……

そこで雪村さんは私を解放し、吐き捨てるように言う。

「私からは以上だ、じゃあな」

そして、そのまま部屋から出て行ってしまった。

「ど、どうしよう……」

一人残された私は、途方に暮れて頭を抱える。

雪村さんはやると言ったら本当にやる……もし言われた事を実行できなかったら、もう口をきいてくれなくなるかもしれない。

で、でで、でも、大我君をデートに誘うなんてそんなの…………………………………雪村さんが言った方法でなら、やれるかも。

お父さんの誕生日が近いのは本当だし、週末に選びに行こうとも思ってた……その口実があって擬態モードの私なら……やれる。

そ、それに大我君と一緒にお出かけ……してみたいし。

シフォンちゃんとはまだ正式にお付き合いしてないから、別に不義理な事をしてる訳でもない。

「が、頑張って……みようかな」

私は両手の拳を握って、小さく気合いを入れる。

そこで大我君に『ありのまま』を伝えられれば一番いいんだけど……コミュ障で人見知

りで陰キャな所……雪村さんもカスだって……本当に言いたい事は違うって言ってたけど、意味合いとしては絶対マイナスの事だろうし……やっぱり伝えない方がいいのかも。

でもでも、凜堂先生にあんなに偉そうに言っちゃったし、隠し事してるのも後ろめたいし……それに、雪村さんが言ってた『何もしない』っていうのも意味分かんないし……

「あー、もう……どうすればいいのぉ……」

私はそこからまたしばらく、ベッドの上でウゴウゴする事になった。

*

「…………くっ」

君影家メイド長、雪村優愛《ゆあ》は、君影静の部屋を出た瞬間、堪《こら》えきれなくなってその場に膝をついた。

「……くそっ！」

そして忌々しげに、床に己の拳を叩《たた》き付ける。

「畜生……かわいいって言いたいのに言えない」

言ってしまうのは簡単だ。

だが、自分の口から告げた所で静は絶対に信じないし、変に意識して、より素の自分を隠すようになってしまうかもしれない。

さっきはつい言いかけてしまい、寸前でなんとかごまかしたが……やはり、静が自分で気付くしかないのだ。

自分に出来るのは、舞台を整えてあげる所までだ。

多少強引になってしまったが、こうでもしないとあの子は前に進めないだろうから。

『あー、もう……どうすればいいのぉ……』

室内からは静のウゴウゴする音が聞こえてくる。

当日も陰から手助けはするつもりだが、最後はやはり静本人が覚悟するしかない。

赤城大我に『ありのまま』を伝える覚悟を。

「頑張れ静。お姉ちゃんは応援してるからな」

こちらの声は聞こえないように、ぼそりと呟く。

静は『ありのまま』を伝えれば大我に嫌われると思っているし、雪村はそのかわいさを理解してもらえると確信している。

君影家の主従は、今日もドア越しにすれ違っていた。

第三章

1

「赤城《あかぎ》さん、戯れに一つおうかがいします」

いつもと同じように呼び出された屋上で、いつもと同じ笑顔の君影《きみかげ》は言った。

「『何もしない』女の子というのを、どう思いますでしょうか？」

ん？……『何もしない』？……一体どういう意味だ？

「ああ、マグロという意味合いではありませんので、誤解なされませんよう」

「そんな事思いつきもしなかったわ！」

ひでえ……相変わらず発想が最低の親父《おやじ》ギャグすぎる……

「いや、質問が抽象的すぎてそれだけじゃなんとも……」

「ふふ、ですよね。戯れですからお気になさらず」

一体何が聞きたかったんだ？……下ネタを抜きにしても、君影の思考は全く読めない。

「それはそうとして、お呼びだてしたのは、一つお願いがあるからなんです。赤城さん……今度の日曜日は何かご予定がありますでしょうか？」

「え？」

後半部分が小さくて、ほとんど聞き取れなかった。

「聞こえなかったようですので、もう一度お伝えします。コンドームの乳常備《ちちじょうび》、ナニか童貞がありますでしょうか」

「百パー違う事言ってるだろお前！」

こいつ……俺が聞き返すようにわざと小声で言いやがったな。

「ふふ、失礼しました。今度の日曜日、何かご予定があるかおうかがいしたかったんです」

「日曜日？　いや、特には何もなかったはずだぞ」

予習復習やトレーニングはもちろんやる気でいるけど、それはもう日課であり、予定ってほどのもんじゃない。

「よかった。でしたら……………………」

「どうした？」

「いえ、お話しするのに少々勇気がいる内容でしたので、決心がつかなくて」

なんだ？　君影が躊躇《ちゅうちょ》するなんて、よっぽどの事だよな。

「……ふう。お待たせしました」

君影は軽く呼吸を整えると、俺の目を見据えて言った。

「実はその日、父の誕生日プレゼントを選ぼうと思っていまして。男性の意見も参考にしたいので、よろしければお付き合いいただけないでしょうか？」

あの君影宗一郎《そういちろう》への誕生日プレゼントか……

「まあ力になれるかは分からんけど、俺でいいならいくらでも」

君影の様子からして、どんな無理難題なのかと構えていたけど、正直拍子抜けした。

お父さんの為《ため》とか、君影もちゃんと娘してるんだな……そういう事なら、断る理由は全くない。

「あら、ありがとうございます。選ぶ商品はチン○サックなんですけど」

「謹んでお断り致します！」

「まあ、一度した約束を違《たが》えるなんて……理由をお聞かせ願えますか？」

「チン○サックだからですけど！」

「もしかして、比べられる事を気にしているのですか？　たしかに、一緒に入浴した幼少時の記憶を辿《たど》ると、赤城さんのものよりも大分大きかったのは確かですが」

「そこじゃねえよ！　そしてお前は俺のチン○のサイズ知らねえだろ！」

「ふふ、冗談ですよ」

チン○サックとか言った後に、そんな上品に笑わないでもらえますかね……

「でも、父へのプレゼントを選びたいのは本当です。赤城さんが嫌でなければ、よろしくお願いします」

「ああ、嫌なんて事は全くないぞ」

「ありがとうございます。ではご一緒にチン○フックを選びましょう」

「嫌すぎるわ！」

2

そして迎えた日曜日。

俺が待ち合わせ場所の某駅改札を出ると、君影らしき人物の後ろ姿が見えた。

随分早いな、まだ時間までは十五分以上あるのに。

「悪い君影、待たせちゃったか？」

「あら赤城さん、おはようございます」

振り返った君影の姿を目にした俺は——

「うっ……」

思わずうめき声をあげてしまっていた。

君影が身につけていたのはシンプルな白のワンピース。アクセサリーの類いは一切身につけておらず、化粧も本当にナチュラルなもののみ。

で、あるにもかかわらず、その存在感は圧倒的だった。

装飾が何もないからこそ、君影の素材のよさが一層際立つ結果になっている。

喋《しゃべ》らなければ、超のつく美少女なんだという事を、改めて認識させられた。

実際、行き交う男性達の多くが、チラチラと君影の様子をうかがっている。

いや、男性のみならず、女性でも君影に視線を送っている人は少なくない。

性別を超越して発揮される、人を惹《ひ》き付《つ》ける力……流石《さすが》は君影宗一郎の娘といった所だろうか。

「どうしましたか、赤城さん？」

「あ、ああ、いや、なんでもない……」

「あ、もしかして、私にみとれちゃいましたか？」

「そ、そんな事ねえよ……」

「身の危険を感じます。チン○サックではなく、貞操帯を買った方がいいでしょうか」

「そもそもチン○サックなんか買わねえよ！」

思わず大声を張り上げてしまった結果――

「おい、あそこのあいつ今なんて？」「なんかすげえ事言った気が……」「通報した方がいいんじゃない？」

「うっ……し、しまった」

「駄目ですよ、赤城さん。チン○サックを口にする時は、もう少し慎み深くしませんと」

口にした時点で慎みゼロだと思うんですが……

「まあ冗談はさておいて、だ。本当は何を買うつもりなんだ？」

「それなんですが、実はまだ目星がついていないんです」

「そっか……ならシンプルに本人の好きなものが一番いいんじゃないか。お父さんの趣味嗜好《しこう》なら把握してるだろ？」

「はい。ですが、父の一番の趣味はワインを嗜《たしな》む事でして。未成年の私には手が出せない分野かと。あとは年代物の時計や置物といったアンティークの収集ですが、その知識量が最早《もはや》古物商でも生計を立てられる程のレベルに達していまして……おいそれと下手なものを贈るのも少し憚《はばか》られます」

ああ、後者はよく聞く悩みだよな。相手が詳しい分野のプレゼントって相当難しい。

「他には何かないのか？　お父さんが好きそうで、特に専門的な知識を必要としなそうなものって」

「そうですね。他に父の好きなものといえば……ああ、情報を取り入れる事に貪欲な人ですので、読書もこよなく愛しています」

「情報を取り入れるって事は……政治論とかお堅い専門書とかばっかりなのか？」

「勿論《もちろん》そういったものも多いですが、比較的雑食かと思います。エンタメ系の小説ですとか、料理本ですとか……ああ、タレントさんのエッセイなんかも読んでいますし、ジャンルに偏りなく、なんでも好むようですね」

「そっか。だったら君影が面白そうだと思った本をチョイスしてプレゼントするとかいうのもアリじゃないか？」

「あら、それは素敵かもしれませんね。多種多様なジャンルを嗜むとはいえ、自分で選ぶとどうしても傾向が偏ってしまいますからね。折角《せっかく》ですから、赤城さんのお勧めも教えていただけると嬉《うれ》しいです」

「まあそれはいいけど……俺に任せるとラブコメ一辺倒になっちゃうぞ」

さすがにあの君影宗一郎に『ラブスロットル！』を紹介するのはちょっと躊躇《ためら》われる。

「ふふ、父のような真面目一辺倒の人間が、案外のめり込んでしまう事もあるかもしれません よ」

……そういう考え方もあるか。まあ一度手に取ってもらえれば、どんな人間でも虜《とりこ》にするだけの力がある作品だしな。

「では早速書店に参りましょうか。父が喜ぶであろうチン○ブックを探しに」

「どこに売ってんだそんなもん！」


「おかしいですね……」

そしてやってきた書店の在庫検索端末の前で、君影が首を傾《かし》げる。

「どうした？」

「チ○コブックの在庫が無いようなんです」

「在庫じゃなくてそもそもこの世に存在しねえよ！」

「あ、分かりました。ティン○ブックでもう一度検索してみます」

「発音が悪いから引っかからない訳じゃねえよ！　そもそも音声認識じゃねえだろ！」

「赤城さん、書店内ではお静かにお願いしますね。他の方のご迷惑になりますので」

「うっ……す、すまん」

指摘はごもっともだが、なんだこの圧倒的な理不尽感は……

「諦めきれませんので、店員さんに直接聞いてみましょう」

「やめんか！」

さっきの二の舞にならないように、小声でツッコむ。

「そうですね。さすがに口にするのは恥ずかしいですから、赤城さんに実物を出してもらって、『このブックをください』と聞いてみましょう」

「俺の恥ずかしさは考慮されねえのかよ！」

「さて、赤城さんのチン○いじりはこの辺にして、真面目に探しましょうか」

その言い方だと別の意味合いに聞こえるんでやめてもらえますかね……

「ふふ、色々あって目移りしてしまいますね」

ここの書店は比較的大型で、蔵書数も多い。君影の言う通り、ありとあらゆるジャンルの書籍が網羅されており、どこから探していいもんだか迷ってしまう。

「お、あっちに担当お勧め本のコーナーっていうのがあるぞ」

「あら、面白そうですね」

二人で向かった先に並べられていたのは手書きＰＯＰに彩られた、趣味全開といった感じの書籍達であった。

一般小説、ラノベ、マンガ、実用書、エッセイ、参考書、サブカル本……ジャンルも完全にバラバラで、統一感はゼロ。そして、どの本のタイトルもまったく聞いた事がない。

だが、このコーナーを作った担当者の熱のようなものはひしひしと伝わってくる。売れ筋とかじゃなく、本当にお勧めのものだけを集めたんだろうな。

一番大きいＰＯＰにデカデカと『売り上げなんて関係ねぇ！』って書かれてるし……。

「ふふ、なかなか個性的な売り場ですね」

「ああ、ベストセラーを贈るのもいいけど、それだとちょっと面白みに欠けるしな。こういう所に意外な掘り出し物があるかもしれないな」

「あら」

「どうした？」

「赤城さん、奇跡が起きました」

君影は、折り重なって表紙が隠れていた一冊の本を抜き出して、手にする。

「ありました……チ○コブックが」

「マジかよ！」

「あ、似ているので間違いました。パン粉ムックでした」

「それはそれでおかしいだろ！　よく企画通ったな！」

いくら売り上げ度外視とはいってもマニアックすぎる……

というか君影に任せていると、いつまで経《た》っても決まらなそうだな……俺も本腰を入れて探すとするか。

「………………………お」

しばらく目を凝らした所で、一冊の本が目に留まる。

「赤城さん、何かよさそうなものが見つかりましたか？」

「あ、いや、お父さんへのプレゼントとは別なんだが、ちょっと気になるものがあった」

俺はその一冊を手に取って中を捲《めく》る。

ジャンルとしては心理学の本になるだろうか。といっても、そんなに堅苦しいものじゃなくて、分かりやすく書かれた図解入りのものだ。

そのタイトルは――

「あら、『いい人を演じて疲れてしまうあなたへ』ですか」

「ああ……」

「どうしたんですか、赤城さん。そんなに私の顔を見つめて。もしかしてごはん粒でも付いて——いえ、間違いました。パンの粉でも付いて——いえ、間違いました。パンパンした後の液体でも付いていますか？」

「最早原型がなさすぎるだろ！」

こいつマジで一瞬でこんなこと考えてるのか……無駄に天才すぎるだろ。

「いやな、これを見てふと思ったんだけど、君影もそうじゃないのかな、って」

「え？」

「いやほら、お前だって、俺以外の人間の前ではお嬢様キャラを演じてる訳だろ？　本来の自分を出せないのって辛《つら》くないのかなって」

「……辛いです」

「え？」

何気なく放った質問だったが、君影から返ってきたのは、予想以上にシリアスな反応だった。

「こう見えても、お友達や先生方を騙《だま》している事に心を痛めています」

君影は沈痛な面持ちで目を伏せる。

「本当は伊藤《いとう》さんや佐倉《さくら》さんともっと本音で……下の口でお話ししたいです」

「もう一生痛めたままでいてくれませんかね！」

「ふふ、冗談です」

君影はいつも通りの穏やかな微笑《ほほえ》みを見せる。

「こうして、赤城さんの前で発散できているので大丈夫ですよ」

……発散しすぎな気がするが、それで君影の心が軽くなっているならまあいいか。

「でも、本当に助かっていますよ。私は、赤城さんの前でだけは本当の自分を――」

「？」

そこで何か、自分のセリフにはっ、としたように動きを止める君影。

「……………………それでいいの、私？」

「ん？」

「……一番騙したくない人にまで嘘《うそ》を吐《つ》いてごまかして……それでいいの？」

「何か言ったか？」

君影が呟《つぶや》いたのは分かったが、余りにも小さくて聞き取れなかった。

「頑張れ……頑張れ私……」

それには答えずに、また細かく唇を動かす君影。

「……………………………赤城さん」

そこでまた、君影の表情が深刻なものに変わる。

「どうした？」

「赤城さんの前で見せている私も……本当の姿ではないとしたらどうしますか？」

「え？」

「もし、私の本性がもっと……もっとひどい女だとしたら、赤城さんはどうしますか？」

「君影、それってどういう……」

「たしかに下品なネタは発していますが、お友達と赤城さんの前で、私の根本的な話し方や振る舞いは、そこまで差異がないですよね？」

たしかに、丁寧語だし穏やかだし物腰は優雅だし、下ネタの有無だけで、俺の前でも基本的にはお嬢様スタイルだよな。

まあその感じで下ネタ言うもんだから、余計違和感が酷《ひど》いっていうのもあるけど。

「でも、違うんです……本当の私は、もっと……根本的にどうしようもない女なんです」

「……それは、今の君影も演技だっていう事か？」

「はい」

躊躇《ためら》いなく断言する君影。その瞳には、何か決意のようなものが宿っていた。

「実は……」

俺は黙って、君影の告白を待つ。

「実は……私は……」

ゆっくりとだが、言葉を紡いでいく君影。

「私は……私……はっ……」

だが、

「私……はっ……本当の……私……私……はっ……」

どうしてもその先が出てこないようだった。

「君か──」

思わず止めようとした俺を、君影が手で制する。

「言わせて……ください」

「あ、ああ……分かった」

どうやら君影の決心は相当なものみたいだ。

だったら、どのような内容であっても、俺は受け止めるだけだ。

「私……本当は……………………………………………………」

……………………………………………………………………

長い……本当に長い沈黙の後、君影は──

「〇〇〇〇なんです」

「なんて⁉」

「ですから、本当の私は○○○○の○○○○で○○○○○○○○女なんです」

「アウトオオオオオッ！」

自分の耳がおかしくなったのかと思った。君影の口から飛び出してきたのは――

「ふふ、今すぐにでもここで○○○して○○○しながら○○○されたいです」

「や、やめろ……耳が……耳がおかしくなるううっ！」

今までのものが可愛《かわい》く聞こえる程の………クソど下ネタだった。

しかも、今までのツッコめるようなギャグ的なやつじゃなくて、最早《もはや》ドン引きするしかないような単語の羅列。

「ふふ、どうですか？　ひどい女だったでしょう？　根本的にどうしようもない女でしょう？」

「い、いや……たしかにそうだけど……そっち？」

全く別の変化球がくると予想していたら、今までのストレートが倍の球速になって飛んできた、とでも言えばいいんだろうか。

「そうです。赤城さんの前でも私、抑えてるんですよ」

「そ、そう……だったのか……」

あ、あれが君影の本性とは……いくらなんでも俺の想像を超えて――

「――という、演技です」

「へ？」

「ふふ、さすがにあそこまではひどくありませんよ。いつもの赤城さんの前での私が、本当の私です」

「え、えーっと……」

頭が混乱してきた。最早何がなんだか……

「昨日からずーっとこの流れをやろうと思って、下準備をしてきたんです。大変でしたよ、あそこまでアレな単語を調べるのは」

「それってつまり……」

「はい、赤城さんをからかいたかっただけです」

「お、お前な……」

「ふふ、その顔が見たかったんです」

なぜここでそんな屈託の無い笑顔が出せる……

「はあ……まあでもよかったというか、ほっとしたというか……」

「ほっとした？」

「ああ。女の子としては絶対にやめた方がいいと思うけど……正直、君影とこういう馬鹿な会話するの、嫌いじゃないんだ」

「ふふ、それは光栄です」

「さっきのアレがデフォルトだと、流石《さすが》についていけないからな」

「ご安心ください。もういつも通りの私ですので」

そして君影はぽん、と両手を合わせる。

「申し訳ありませんが、ちょっとお花を摘んできてもよろしいでしょうか」

「あ、ああ、もちろん」

「その間に、赤城さんもご自身のお花……ではなく、バナナを大人しくさせてきてもいいですよ」

「いつも通りに最低だなお前！」

＊

「ああああああああああああああああああああああああああああああっ！」

トイレの個室の中、私は声を押し殺しながら悶《もだ》えていた。

やっちゃった……またやっちゃったよおおおおおおおおっ！

なんで……なんで私はこうなのおおおおおおおおおおっ！

折角《せっかく》……折角本当の事を言えるチャンスだったのにいいいっ！

もう駄目だ……もう完全に嫌われちゃったよおお……咄嗟《とっさ》に演技だって事にはしたけど……あんな単語をわざわざ調べて披露するド変態だと思われちゃったよおお…………助けて……誰か助けてぇ……

私は神様にも祈る思いで、天井を見上げ——

「お前いい加減にしろよマジで」

「ひゃあああああっ！」

そこに、人の顔があった。

「ゆ、ゆゆゆ、雪村《ゆきむら》さんっ……なんでここに……」

個室上部の縁《へり》に手をかけていた雪村さんがそれを放し、着地する音がした。

「開けろ」

「……怒られるからやだ」

「怒らないから開けろ」

「……絶対怒るからやだ」

「三秒以内に開けないと蹴破る」

こういう時の雪村さんはやると言ったら本当にやる。そして修理代は君影家に請求する……そういう人だ。

「……うう」

私はおそるおそる、個室のドアを開け――

「さておしおきタイムだ」

「ひっ！」

迅雷のような速さで侵入してきた雪村さんは、後ろ手で金具をスライドさせて鍵を閉める。

「さて、説明してもらおうか」

「ひっ！」

――からの、壁ドン。

「て、ていうか雪村さん……さっきの聞いてたの？」

「ああ。近くの本棚の陰からこっそりとな。周りの人間には聞こえないようなボリュームで話してはいたようだが、私の聴覚の前では無駄だ」

卓越した隠密《おんみつ》スキルと人間離れした五感を誇る雪村さん……もうスパイにでもなった方

がいいんじゃ……

「何だアレは。赤城大我《たいが》の前で酷い下ネタを話しているとは聞いていたが、多少盛っていると思っていた……まさかあそこまで最低だとは思わなかったぞ」

「だ、だって……」

「正直、終わってるなアレは、女として」

「うう……分かってるよぉ……」

「分かってないから繰り返すんだろうが。そもそもなんで下ネタなんだ？　本性を隠すなら別に他の友達と同じようにお嬢様風でいいだろうが、あの酷すぎるキャラ付けは一体どこから来た？」

「あ、あのね、話すと長くなるんだけど……」

「面倒だから三行で話せ」

ひどい……

「あ、あのね……一年近く前、街でしつこくナンパしてくる人がいたの」

「ああ」

「そこで、大我君が助けてくれたの」

「それで？」

「お礼言おうとしたら下ネタ言ってたの」

「ふざけてんのか」

「ひゃあああっ！　ギブ！　ギブギブ！」

右手壁ドン、左手アイアンクローの合わせ技が炸裂《さくれつ》する。

「六行やる。まとめろ」

「う、うん……一年近く前、街でしつこくナンパしてくる人がいたの」

「ああ」

「そこで、大我君が助けてくれたの」

「それで？」

「暴力を使わないで上手《うま》く相手を退散させて、それが紳士的でかっこよくて……」

「成程。一目惚《ひとめぼ》れに近い状態だった訳だな。そこからどうした」

「うん。私は擬態してたんだけど、内心ではドキドキしてパニックになっちゃって」

「ほうほう」

「でもとにかく、助けてもらったお礼言わなきゃって……それで出てきた言葉が――」

「言葉が？」

「どうもありがチ〇コございました」

「脳味噌《のうみそ》腐ってんのか」

「ひゃあああっ！　出ちゃう……それ以上やったら脳味噌耳から出ちゃううぅっ！」

アイアンクローはやめてくれたものの、汚物を見るような目を向けてくる雪村さん。

「一体どういう思考回路を経たらそんなセリフが出てくるんだ……」

「わ、私だって分かんないよお……本当に無意識にぽっと出ちゃって……そこからは下ネタの恥ずかしさを隠す為《ため》の下ネタがどんどん積み重なっていって……」

「なにやら嘘《うそ》を隠す為の嘘みたいな言い方をしてるが、全く意味が分からんぞ」

「う……と、とにかく引っ込みがつかなくなっちゃって、そのままズルズルと今日まで……」

「自業自得としか言いようがないな」

「うう……その通りです」

「……しかし解せんな」

そこで雪村さんは、怪訝《けげん》な表情になる。

「繰り返すが、さっきのアレは女として終わっている。ああ、全伏せ字レベルの方じゃなくて、通常の方で既にだ」

「うっ……」

「そこまでの醜態をさらしておきながら、なぜ『素』を見せる事をそこまで嫌がる」

「だ、だって……私、コミュ障で人見知りで陰キャで……女の子としての魅力、全然ないし」

「ありがチ○コざいましたとか言ってる方が百倍ねえよ」

「ひゃあああああっ！」

三度《みたび》のアイアンクロー。

「む、そろそろ戻らないと、赤城大我が心配しはじめるな……お嬢」

「ふ、ふぁい！」

「一つだけ約束しろ。今日はここから先、赤城大我に対して下ネタは一切使うな」

「ええっ……じゃ、じゃあ何を話せばいいの？」

「普通に喋《しゃべ》れや」

「にゃああああああっ！」

最早《もはや》クローがツッコミ代わりみたいになっている。

「下ネタじゃないとコミュニケーション取れないとか、どんだけ歪《ゆが》んでるんだお前の想《おも》いは」

「だ、だって……なんかふざけてないと会話が続かな――」

「いいからやれ」

「あうっ！」

私は強制的に個室から叩《たた》き出された。

「いいか。守れなかったら、子供の頃以来のケツ百叩きするからな」

「は、はいいっ！」

＊

「不器用すぎる……」

静《しずか》の気配が無くなったのを確認した雪村優愛《ゆあ》は、一人個室で頭を抱えていた。

他の人間には完璧な人格として接しているのに、好きな男にだけは下ネタ三昧……控えめに言って頭がおかしい。

まさか、ここまで拗《こじ》らせているとは思わなかった。

静の為を思えばこそ辛辣に接し、半ば強制的な形で下ネタを封印させたが……それもどこまで保《も》つか分からない。

意思が弱く、自分に甘い静の事だ。最初の方は我慢できたとしても、テンパってきたらおそらくは下ネタが飛び出してしまうだろう。

そして、仮にそこを乗り越えられたとしても、それでようやくスタートラインに立てただけだ。

本日の目標はその先、静の『ありのまま』を赤城大我に見てもらう事だ。

だが、先程決意を固めたように見えたのに、それでも最後にヘタれてしまったとなると……何か、きっかけが必要なのかもしれない。

それも、ちょっとやそっとのものではない、強烈な何かが。

静の『素を見せたくない』という潜在的な恐れは相当強い。それを打ち破れるものとなると……

「……それこそ魔法でも使わないと無理かもしれんな」

3

『ラブコメマスター　更新』

新たな『ラブコメ魔法』の発動を検知

「いきなり来たな……」

君影の帰りを待っている間、スマホが振動したので確認してみたらこれだ。

しかもその内容が――

【魔法　サンダー】×【ラブコメ　恋の衝撃に全身ビリビリ】

……よく分からんが、ろくでもなさそうなのは間違いない。

そして、一番酷《ひど》いのはその解除方法で――

「お待たせしました、赤城さん」

「っ⁉」

後ろから君影の声が響き、俺は反射的にアプリを終了させた。

「どうしましたか。そんなに慌てて」

「い、いや、なんでもない」

……この『解除方法』は君影に悟られる訳にはいかない。

「ふふ、高校生にはまだちょっと早いものでもご覧になっていたんですか？」

……この言い方だと、絶対そっち系のサイトの事を言ってるよな。

「は、はは、まあそんなとこだ」

まあそういう事にしておいた方が、ごまかしがきくだろう。勘の良い君影に対してどこまで隠し通せるかは疑問だが……

「ふふ、いけませんよ、未成年がお酒のサイトなんか閲覧していては」

「え？」

「あら、その反応からすると違ったようですね。では、煙草《たばこ》の方でしたでしょうか」

「き、君影？」

「あら、どうされました？」

「いや、てっきりエロ系のサイトに関してのボケがくるもんだと……」

高校生には早いとか、絶対その為のフリだとばっかり……

「ああ、そういう事ですか。実は私、悔い改めたんです。もう下ネタは封印しようと」

「……は？　どうした、熱でもあるのか？」

「あら、失礼ですね」

「いや、そんなのにわかに信じられる訳ないだろ……お前、今までの自分の言動を思い起こしてみろよ……」

君影から下ネタを取ったら何が残るんだ、っていうレベルで下ネタしか言わないからな、俺とマンツーマンの時は。

「酷いです、赤城さん。私がここまで真剣に自己チン――自己申告しているのに、信じてもらえないなんて」

「既に自己チン〇クって言いかけてるじゃねえか！」

「それでも踏みとどまったのですから、褒めてくれてもいいのではないでしょうか」

いや、そもそも未遂になる事自体がおかしいんだからな……

「まあでも、どういう心境の変化があったのかは知らんが、お前に控えようという意識が生まれただけでも大いなる進歩だな」

「そうですよ。今までの私でしたら大いなるなんとやらですか？　と即座に聞き返していたでしょうから」

大いなるチ〇ポね……そんで、そこから更に、赤城さんのは小さいですけどね、とかいう方向に持っていくパターンだろう。

あまりにも君影の下ネタに慣れすぎて、予想できてしまうのが恐ろしい……

「さて、それでは気を取り直して、プレゼント探しに戻りましょうか」

「あ、ああ……」

「赤城さん、どうされました？」

「いや、何でもない……」

君影が折角親父《せっかくおやじ》さんの為に誕生日プレゼントを選ぼうとしてるんだ。どうせなら、気がかりのない状態で手伝ってやりたい所だが……

『解除方法　君影静が赤城大我に一番知られたくないと思っている事を、告白する』

……こんなの、一体どうやって達成しろって言うんだ。

そもそもおかしくないか？　『ラブコメ魔法』の解除方法っていうのは、俺が無意識に抱《いだ》いている願望に基づいて設定されているはずだ。

そんな他人の秘密を暴くような事を、俺が望むはずはない。

それとも、俺は深層心理ではそんな願望を持っているクソ野郎だって事か？

……いや、もしかして、俺のものだっていう前提自体がおかしいのか？

だとしたら君影本人の願望？…………………な訳ないよな。一番知られたくない事って言ってるんだから、そもそもが矛盾した話になってしまう。

だが、その出自はともかくとして、そう設定されてしまっているのは事実だ。

まだどういうものかは分からないけど、ラブコメ要素が付与された【サンダー】を解除するには、その条件を満たすしかない。

しかし君影にそんな酷な事をさせる訳にはいかない……これ、詰んでないか？

「どうしました赤城さん、眉間に皺《しわ》が寄ってますよ？」

君影がその疑問を口にした瞬間――

「ぎゃああっ！」

眉毛と眉毛の間に、衝撃が走った。

「赤城さん？」

ま、まさかこれって……

「い、いや、何でもない」

【サンダー】に関する一つの仮説が浮かぶ。

俺はそれを確かめる為に、君影に質問を投げた。

「それはそうと君影、ど忘れしちゃったんだけど、あれ、何て言うんだっけ。忠告しても全然聞き入れなくて、効果が薄いって意味合いの慣用句……たしか、馬が付いたと思ったんだけど……」

「馬の耳に念仏ですか？」

「ああ、それそ――ぎゃあああああっ！」

再び痺《しび》れるような痛みが俺を襲った。今度は耳だ。

……間違い無い。

今回の『ラブコメ魔法』は、君影が口にした身体《からだ》の部位に、電流が走るというものだ……そしてその対象は俺。

「あらあら、何やら様子がおかしいですね」

ま、まずい……聡《さと》い君影の事だ。このまま続けたら、なんらかの『ラブコメ魔法』が発動している事に気付いてしまうかもしれない。

どうやら今回は完全な自動発動のようで、本人に発動しているという自覚が全くないパターンみたいだが……それでも時間の問題だろう。

「そ、そんな事はないぞ」

「そうですか？　ふふ、ではそういう事にしておきましょう」

……いや、この反応は既に感づいてるな……その上で、俺がそれを隠そうとしてる事まで悟り、様子を見る事にした……って所だろう。

だが、たとえバレバレだったとしても、『ラブコメ魔法』が発動している事を認める訳にはいかない。

そうなれば、あの解除方法を開示せざるを得なくなる。『一番』知られたくない事を告白する、なんていう酷な事を君影に突きつけるなんてできない。

なんとかごまかしながら、君影が本人も気付かない内に自然に、『一番知られたくない事』をポロッと漏らすような展開に持っていくしかない…………無理ゲーすぎだろ。

あとは、君影が少しでも身体に関するワードを言わないように気をつけ――

「はっ！」

俺は、恐ろしい事に気付いてしまった。

「赤城さん？」

「……君影」

「どうしました？」

「さっきの、下ネタ言わない宣言……決意は固いか？」

「はい」

「本当の本当にか？」

「はい、モロチ――勿論《もちろん》」

「既に言いかけてるじゃねーか！」

「ふふ、でも寸前で我慢していますから」

普段ならば、笑い話で済む話だ……だが、今は全く状況が違う。

君影がもしチン○などと口にしようものなら……俺のそれに電流が走る事になる。

……考えただけで背筋が凍る。それだけは絶対に阻止しなくては。

「いや、マジで頼む。とりあえず今日の間だけでいいから、絶対に我慢してくれ」

「大丈夫ですよ。心配なさらずともチンちょ——自重いたします」

「もうほぼ言っちゃってるじゃねえか！」

俺は悟った……これは君影の自制心が保つか、俺のチン○の耐久力が保つかの、壮絶な戦いの幕開けだと。

4

「俺はミルクティーを」

「私はウインナーコーヒーをお願いいたします」

結局書店ではプレゼントを決めきれなかった俺達は、喫茶店に入り、ちょっとした休憩をとる事になった。

「あの、赤城さん」

「どうした？」

オーダーを終え、店員さんが去って行くのを確認した君影が、急にモジモジしだした。

「違いますからね」

「何が？」

「ですからその……ウインナーコーヒーというのはそういう意味ではありませんからね」

「そういう意味って？」

「この場合のウインナーというのは、ソーセージの一種という意味合いではありませんので、その……コーヒーに男性のアレが突き立っているような様を期待して頼んだ訳ではありませんので」

「だからお前が言わなきゃ想像もしないんだっての！」

「どうです？　直接的な単語を口にしない私は慎み深いでしょう？」

「いや、間接的に言ってる時点でもう下ネタ禁止を破ってるようなも——ぎゃあああっ！」

君影の『口』というワードに反応して、俺の口内に電流が走る。

危険な感じの強度ではないものの……いつ発動するか分からないというこの状況は、心臓に悪すぎる。

「何やら私に隠し事があるようですが、早く話してしまった方が楽になりますよ」

やっぱり『ラブコメ魔法』が発動している事は気付いてるよな。

待てよ……どうせバレてるんだったら『身体に関するワードを言わないでくれ』ってお願いしちゃってもいいんじゃ――

「ん？」

そこで、スマホが振動する……『ラブコメマスター』の更新だ。

「ちょっと悪い」

俺は君影に断りを入れ、その内容を確認する。

『追記【サンダー】が発動する条件を、赤城大我が君影静に伝える事を禁じます。これを破った場合、ビーチクに洗濯ばさみが装着され、そこに電気が流れ続けるものとします』

「もげるわ！」

「赤城さん？」

「い、いや、悪い……なんでもない」

なんだそのアホみたいな罰則は……いや、問題なのはそこじゃなくて、こんな後出しジャンケンみたいな真似《まね》をされた事だ。

この『ラブコメマスター』はチャラ神が開発したものだが、そこに記される内容は、アプリ自体が定めている訳じゃない。

『ラブコメ魔法』のルールを感知し、機械的に言語化しているのみ……というのが、ピュアリィの説明だった。

じゃあ『ラブコメ魔法』っていうのは一体なんなんだ？　なんでこんなふざけた内容のトラブルを起こそうとする？

まるで、誰かを楽しませようとする意図でもあるような………………………………だが、フィクションのラブコメならいざ知らず、俺達を観《み》ている誰かなんて存在しない。

考えれば考えるほど、分からなくなってくる。

「どうです？　お話しする気になってくれましたか？」

「……何を言ってるのか分からないな」

「あら、赤城さんも意外に強情ですね」

「……俺から言えるとすれば、一つだけだ。繰り返しになるが、直接的な単語を伴う下ネタだけは、マジで控えてくれ」

この位ならば、『追記』の内容には抵触しないだろう。

「畏《かしこ》まりました」

君影が笑顔と共に頷《うなず》いたタイミングで、飲み物が到着する。

「お待たせいたしました。ミルクティーに、ウインナーコーヒーでございます」

店員さんに丁寧にお礼を言いながらオーダーを受け取った君影は、先程と同じように、その姿が見えなくなってから口を開く。

「あら残念、やはりソーセージ的なアレはそそり立っていませんね」

「間接的ならいいとは誰も言ってねぇよ！」

「赤城さんのソレ、入れます？」

「入れるか！」

「赤城さんのオーダーに添えられている白い液体……自前ですか？」

「なんかもう直接言うより酷《ひど》くなってるまであるじゃねえか！」

……ここまでの恥部をさらけ出してる人間が、これ以上何を知られたくないって言うんだろうか？

5

――その後。

家電量販店でも、

「赤城さん、このマッサージチェア、ボールが組み込まれていますね」

「ああ、このボールがゴリゴリ動いて、ツボを刺激するのが気持ちいいんだろうな」

「ちょっとうつ伏せに掛けていただいて、赤城さんのボールをボールでゴリゴリしてもらってもよろしいですか」

「よろしくねえよ！」

紳士服店でも、

「赤城さん、このネクタイ、素敵な柄ですね」

「ああ、お洒落《しやれ》だし、色も綺麗《きれい》だな」

「これ、特定の部位に巻いたら、あのサックの代わりになりませんか？」

「なる訳ねえだろ！」

輸入雑貨ショップでも、

「赤城さん、この木彫りの人形、緻密ですね」

「ああ、芸術的仕上がりだな。ここまでリアルにできるんなら、彫ってる側も楽しいだろうな」

「掘るのが楽しい？……まさか、私の父とそういう関係になりたいという事ですか？」

「穿《うが》ちすぎってレベルじゃねーぞ！」

……どこにいっても君影の間接的下ネタが炸裂《さくれつ》しまくった。

直接的単語を言わないという縛りがある事で、君影の暴走は逆に加速し――

「あら素晴らしいサックですね。赤城さんにもちょうどぴったりの小さめサック。でもいくらなんでもきつめですかね。そんなの付けたら、刺激ですぐ出ちゃいますよこのサック」

「『指』をつけろ『指』を！」

ホームセンターの業務用品コーナーに下ネタを見出《みいだ》す奴《やつ》がどこにいるんだよ……

そんな調子でボケまくるもんだから、いつまで経《た》ってもプレゼントは決まらず――

「はっ……い、いつの間にか暗くなっちまった……」

気付けば、夜と言っていい時間に差し掛かろうとしていた。

「なんか時間が経つのが異様に早かった気が……」

「ふふ、それだけ楽しかったという事ではないでしょうか？」

いや、そりゃあれだけ好き放題すればお前は楽しいだろうよ……

「俺は最高に疲れたわ……」

振り回されたのもそうだし、『ラブコメ魔法』の件も解決してないしな……

「あらあら。それではあそこの公園で一休みしましょうか」

「そうだな……」

駅に向かう途中、大通りから一本ずれた通りにその公園は存在していた。

遊具などはなく、ベンチと水道と僅かな植樹のみの簡素な公園だが、人通りも少ないし、休憩するには丁度いいだろう。

俺と君影は、並んでそのベンチに腰掛けた。

「いやー、今日は結構歩いたな」

主に君影がふざけまくったせいで。

「そうですね。私も健脚な方だとは思いますが、さすがに少々堪《こた》えました」

あっ……今、健『脚』って……

「ぎゃあああああっ！」

本日何度目かになる電流が俺を襲う。

ぐ……丸半日かけても、打開策は全然浮かんでこない。一体どうすれば――

「……そうだったんですね」

「え？」

そこで急に、君影の雰囲気が変わる。

「…………………」

「君影？」

「……もう、終わりにしましょう」

終わり？　俺が、そのセリフの意味を計りかねていた次の瞬間――

「――っ!?」

不意に、温かいものが俺の手を包んだ。

「なっ……お、おい、一体何をっ……」

それは、君影の手のひらだった。

「き、君影……これはどういう意味……なんだ？」

「ふふ、どういうも何も、見たままの意味ですよ」

み、見たまま？　いや、公園のベンチで手を繋《つな》ぐって、それは完全に――

「——と、いうのは冗談です」

君影は俺を見つめて、悪戯《いたずら》っぽく笑った。

「どうです？　少しドキドキしちゃいました？」

「い、いや、ドキドキも何も、あまりに急すぎて何がなんだか……」

「あら、すみません。今後一生非情交系男子の純情を弄んでしまいました」

「そこまで言うならもう童貞でいいだろ！」

「いえ、そこまで直接的に言ってしまうと慎みがありませんので」

「ややこしく言ってもねえよ！」

ストレートな単語を言わないってだけで、もうやってる事は普段となんも変わらないよな、これ……

「ったく……結局それが言いたかっただけだろ？　いつまでもふざけてないで、手を放してくれ」

「それはお断りします。これからが本番ですので」

「え？」

そこで君影は、いつも通りの柔らかい笑顔を見せながら——

「まったく赤城さんは手が焼けますすね」

うっ……『手』が焼けるって……ま、また身体の部位が……ってちょっと待て！　この状況でそんな事言ったら――

「ぎゃああっ！」

「――――っ!?」

俺の手には当然の如《ごと》く電流が走り、その被害は手を重ねていた君影にも及んでいた。

「……やっぱりこういう事だったんですね」

苦痛に顔を顰《しか》めながらも、少し満足そうに頷く君影。

「お前、まさか……」

「はい。書店の時からずっと、赤城さんが悶《もだ》える条件をずっと探っていましたが、先程の結構歩いたという件でようやく気付く事ができました。まさか、私の発言した『部位』がポイントになるとは思いませんでした」

じ、自力で【サンダー】の発動条件を割り出しやがった。

「痛がり方からして、電気系統の衝撃ではないかと予測してましたが、それも正しかったようですね」

そんな所まで的中させるとは、流石《さすが》の観察眼としか言いようがない…………ん？　待てよ……

「ちょっと待てお前……て事は、分かっててこれをやったのか？」

俺と君影──二人の折り重なった手に視線を向ける。

「はい。どうです、互いに痛みを共有しているこの状況……手に汗握る展開だとは思いませんか」

「バ、バカお前、そんな事言ったら──ぎゃあああああっ！」

「────っ！」

再びの電流。俺は勿論《もちろん》、繋がっている君影にもその被害は及んでいた。

「な、何やってんだよお前！」

「赤城さん、それはこちらのセリフですよ」

「え？」

「赤城さんが、私の発動した『ラブコメ魔法』によって害を被っているのは明白でした。そして、その解除方法を私に告げる気がない事も」

「………………」

「それは私にとって、何か都合の悪いものだった……そうなんですよね？」

「………………ああ」

そこまで悟られているならば、もうしらばっくれる意味はない。

「ありがとうございます。やはり、赤城さんは優しい男性ですね。ですが――」

君影は薄く微笑《ほほえ》んだ後――珍しく憤ったような表情を見せた。

「それはとんでもない悪手でした」

悪『手』……それが【サンダー】発動のトリガーとして適用の範囲内になるのなら――

「があああああっ！」

「く……うっ……」

三度《みたび》、俺と君影を電流が襲う。

「な、何考えてんだ君影！」

「赤城さん。貴方《あなた》の自己犠牲の精神はとても尊いです。ですが、一方的にそれを向けられる方の気持ちを考えた事がありますか？」

「そ、それは……」

「自分のせいで赤城さんが苦しんでいる……私は――君影静は、それを理解しながら、のほほんと笑っていられるような人間だと思われているのですか？」

……たしかに。言われるまで気付かなかった……俺は、君影の為《ため》にやっているようでいて、自分が満足する事しか考えていなかったのかもしれない。

「すまん……俺が少し短慮だった」

「責めるような言い方になってしまってすみません。ふふ、お気持ちは凄《すご》く嬉《うれ》しいんですよ」

君影は、いつもの柔らかい雰囲気に戻り——

「という事ですので、そろそろ解除方法を教えていただけませんか」

「……駄目だ。俺のやり方が悪かったのは認めるけど、それとこれとは別問題だ——」

「あらあら、手の施しようがない頑固さんですね」

「お、お前、そんな事言ったらまた——ぐあああああっ！」

「う……くっ……」

たとえ何度目になろうとも、その衝撃に慣れるような事はなかった。むしろ、回を増す毎《ごと》に威力が増していってる気さえする。

「て、手を放せ君影っ！」

「はい、赤城さんが解除方法を教えてくださるのなら、今すぐにでも」

く……頑固なのはどっちだよ。こうなったら無理矢理《むりやり》にでも振りほどいて——

「力尽くですか？　赤城さんの考える事は手に取るように分かりますよ」

「うがあああああっ！」

「つ……うっ……」

くそっ……力を込める前に先手を打たれてしまった。

「少しでも振りほどくような素振りがありましたら、即座に同じワードを言いますので、ご承知おきを」

「ぐっ……」

「まあそのような素振りがなくても言いますけどね。赤城さんが解除方法を教えてくれない事には手詰まりですし」

「ぐ……あああああああっ！」

「ああっ…………あっ……」

気のせいじゃない……やっぱり威力が上がってきている。

命の危険があるとか、後遺症が残るレベルじゃないとはいえ、これは……

「落ち着け君影。何も今それを言わなくても、他に解決――」

「『ラブコメ魔法』の解除方法は唯一無二のはず。他の手など存在しません」

「うあああああああっ！」

「ひ……うっ……」

電流が流れた直後は苦痛に顔を歪《ゆが》めるも、すぐに微笑みの表情に戻る君影……だが、その額に吹き出る脂汗までは隠す事ができない。

「君影、もう勘弁してくれ！　言えるような内容なら俺だってとっくに言って――」

「あら、泣き落としですか？　そんな手には乗りませんよ」

「ああああああああああああああっ！」

「う……ああ……あぁっ！」

ど、どうすりゃいいんだこれっ……俺は君影を精神的に傷つけたくなくて解除方法を黙ってるっていうのに、なんで自分から物理的に傷つきに行くんだよ！

「ふふ、赤城さん。そろそろおっしゃっていただかないと、私も奥のt――」

「わ、分かった！　言う！　俺の負けだ！　言う！　言うから！」

必死にそのセリフを遮る俺に対して君影は、

「ありがとうございます。素直な男性は素敵ですよ」

何事もなかったかのように、穏やかに笑った。

くそ……こんなん卑怯《ひきょう》だろ。自分自身を人質にとるとか、どう考えたって勝ち目がない。

もう……………………言うしかない。

「……今回の『解除方法』はだな……『お前が俺に一番知られたくない事を告白する』だってさ」

「あらあら」

君影は、空いている方の手を自らの頬《ほお》に当てて、少しだけ困ったように微笑んだ。

「な、なんかリアクションが薄いな……」

君影の為にあそこまで言うのを渋ってたっていうのに、なんか拍子抜けだ。

こんな『解除方法』だったから、君影が俺に重大な隠し事をしてるって勝手に思い込んでたけど……一番知られたくないっていっても、そこまで大した内容じゃないのかもしれない。

「ふふ、赤城さんの考えている事はおそらく的外れですよ」

「え？」

「私のショックが少ないように見えるのは、大方そんな所だろうな、と予想していたからです」

「そ、そう……なのか」

どういう事だ？　さっきも考えたように、俺は勿論、君影本人もこんな『解除方法』を望むはずがないし……それ以外に、何か予想できるような要素があったって事か？……今回の『ラブコメ魔法』はいつにも増して不可解だ。

まあでも、それはひとまず置いておくとして……気になる事がある。

「君影、ちょっといいか」

「なんですか？」

「いや、ちゃんと解除方法を白状したんだから、早く手を放してくれ」

二人の手は、なぜかベンチの上で未《いま》だにしっかりと繋がっていた。

「嫌です」

「……は？」

「赤城さんが虚偽の『解除方法』を申告している可能性もありますからね。保険として『ラブコメ魔法』が解除されるまでは、このままでいさせてもらいます」

「いや、流石《さすが》にこの状況で嘘《うそ》は吐《つ》かないって……」

そんな事してもメリットは無いって、聡《さと》い君影なら十分分かってるはずだが……

「ふふ、信用できませんね。少しでも放そうとしましたら、また言いますから」

なぜここまでして手を繋いだままでいようとするのか、理解に苦しむ。

というか、冷静に考えたらこれ、滅茶苦茶《めちゃくちゃ》恥ずかしい状況だよな……二人っきりで手を絡めてるなんて、まるで——

「勇気が……必要だから」

「え？」

「こうしててもらわないと……言えそうにないから」

それは、この至近距離でも聞き取れないような囁《ささや》き。

「君影、今、なんて——」

「赤城さん、一つ約束——というかお願いがあります」

普通の声量に戻った君影は、俺の目を真っ直《まっす》ぐに見据えた。

「これから私がどんなお話をしたとしても……このままでいてくれますか？」

ど、どういう……意味だ？

「それは、この体勢という意味合いだけではありません……私の『告白』を聞いても、今までと同じような関係性でいてくれますか？」

柔らかい物言いは崩していないものの、君影にしては珍しく硬質な響きを含む口調だった。

そしてその瞳だ。決意、とも覚悟、とも受け取れるような……それでいて、迷いも混在したような複雑な色の眼差《まなざ》し。

それらは、これから話される内容の重さを雄弁に物語っていた。

だが、俺の答えは決まっている。

「約束する。君影、俺は——」

そこで、何かが物理的に俺の唇を遮った。

それは、君影の空いている方の人差し指。

……………君影？

「申し訳ありません……やはり、そのお答えを聞くのはやめておきます」

そして君影は、人差し指を俺の唇からそっと離す。

「優しい赤城さんは、そう言ってくれるに決まっていますものね。そこに頼るのは卑怯です。それに――」

「それに？」

「告白した後……今までと同じ関係性のままでは意味がありませんから」

君影の言葉は、謎かけのようで、どうにも趣旨が摑《つか》みにくい。

「赤城さんはただ、私の言葉を聞いていただければと思います」

「……分かった」

ごちゃごちゃと考えても仕方無い。俺は、君影の覚悟を受け止めるだけだ。

「………………………」

だが、君影の唇は動かない。

「………………………」

何かを発しようと開きかけるものの、途中で力なく閉じてしまう。

「…………………………」

それを何度か繰り返し……また動かなくなった。

「…………………………」

そして暫《しば》しの沈黙の後……動くものがあった。

手だ。

震えていた。

握っている、手が。

繋がっているが故に、伝わってくる。

君影の、震えが。

この光景には覚えがあった。

「私も役者の端くれです。笑いを堪《こら》えるどうこうは別にして、震える演技くらいは造作もありませんよ」

そうだった……こいつは厳格な事で知られる舞台作家、片桐郷馬《かたぎりごうま》に認められて、その舞台への出演を許される程の演技力を持ってるんだった。

「いや、でもそれにしても凄《すご》いな……心の底から震えてるようにしか見えないぞ」

「ふふ、お褒めの言葉として受け取っておきます」

そう言って微笑む君影だったが、その手……いや、全身はまだカタカタと震えている。

演技力が凄いのは分かったから、もうやめていいんだけどな。


思えばあの時も、君影は何かを伝えようとしていた。

その時も、震えていた。

あれも本当に……演技だったんだろうか？

そうであるなら、それが一番いい。

あの時も今回も、震えはやっぱり芝居で、告白の内容も、ギャグで済むような本当に些《さ》細《さい》なもの。

震えはただの演出、前フリで、君影が最後に下ネタでひっくり返して俺のリアクションを楽しもうとしているだけ。

そんな結末が、一番いい。

でも、そうでないのなら——

「君影、一つだけ聞くぞ」

「……なんでしょう？」

「この震えは、お前の心の底から発せられているものか？」

「…………………………………………………………」

君影は、長い沈黙の後、

「……はい」

俯《うつむ》きながら、弱々しく頷《うなず》いた。

「だったら、もういい」

「……え？」

「もうやめろ。そんな状態になってまで、言いたくない事を言う必要はない」

「で、ですが、これを言わないと『ラブコメ魔法』が解除されませんし」

「関係ない」

「赤城……さん？」

「そもそも、『解除方法』の文言に『告白』なんてのが含まれてるのが気に入らない」

「それはどういう――え？　な、なんですか、これ……赤城さん、触れている部分が、急に熱くなって……」

「こんな……こんな震えながら言わなきゃいけないもん……『告白』なんて呼ぶんじゃねえよ」

「あ、あの、赤城さん……」

「『告白』ってそういうもんじゃないだろ……」

「そ、そんなにぎゅっと握られたらちょっと恥ずか——」

「違うだろ。『告白』ってもっと、ドキドキして、キラキラしながら言うもんだろ」

「……赤城さん」

「本当の『告白』は、こんな所で口にするべきじゃない。いいか、君影、教えてやる」

「は、はい……」

「お前の『告白』は、俺なんかじゃなくて、心の底から好きな奴《やつ》に向けるべきだ！」

「……………心の底から……好きな……人に？」

君影は、俺の言葉を反芻《はんすう》しながら、驚愕《きょうがく》したように目を見開き——

「ぷっ……」

笑った。

「あ……あれ？」

え？……な、なんでそんなリアクションになるんだ？　俺……真面目に話してたつもりなんだけど……

「ま、まさかっ……また……演技だったのか？」

「ぷっ……」

またしても、耐えきれないように吹き出す君影。

「お、お前なあ……流石《さすが》にこれは冗談が過ぎるぞ！」

君影の辛《つら》い『告白』が嘘だったんならそれでいい。

でも、いくらなんでも馬鹿にしすぎ——

「ご、ごめんなさい……赤城さんがあまりにも勘違いを重ねるものですから」

「へ？」

勘……違い？

「『告白』は、心の底から好きな人間にするべき……まさか、そんなセリフが赤城さんから私に向かって出てくるとは思いませんでした」

「どういう……意味だ？」

「赤城さんのおかげで気付けました。私の『告白』は、やはり今、この場ですべきだという事です」

「い、いや、お前、俺の言った事聞いてたか？　俺はそんな震えながら『告白』するんなら、やめろって――」

「震えてますか？」

君影が、空いているもう片方の手のひらを、それに重ねる。

「止まってる……な」

君影からは、震えが、嘘のように消えていた。

そして……先程までは感じられなかったものが伝わってきた。

「あったかい……」

俺は、思わず呟《つぶや》いていた。

君影の手からは、まるで別人かと思うような温《ぬく》もりが感じられた。

「これは、赤城さんがくれた温かさです」

「え？」

「貴方《あなた》の言葉で、改めて気付かされました。この『告白』は、私が一番知られたくない事であると同時に――一番知ってほしい事でもあったんですね」

君影の言葉はひどく抽象的で、俺にはその意味が分からない。

――が、とても大切な事を伝えようとしているのだけは、理解できた。

その目が、輝いていたから。

いつもの、慈愛と包容力に満ちた穏やかなそれではなく、期待と希望に満ちあふれるような、力強い瞳。

「ずるいです……赤城さんがあまりにもお馬鹿なので、恐怖なんて忘れちゃいましたよ」

「お、俺が、馬鹿？」

「はい。そして気付いちゃいました。こんなにお馬鹿で純粋な貴方に嫌われるよりも……この人に自分を隠し続ける事のほうが、よっぽど怖い事だって。そしたら震えなんか、どこかに吹っ飛んじゃいました」

言っている内容は意味不明だが……たしかに、君影の瞳からは、迷いが完全に消えていた。

「赤城さん。貴方と私の関係は、今、この場で終了です」

「え？」

「そして、ここから始まります。本当の君影静と、赤城さんのお話が。それがどんな結末に向かうとしても、私に悔いはありません」

そして君影は、笑う。

「ふふ、百％嫌われちゃうのは分かってるんですけどね」

「あ……」

分かった。

凛堂《りんどう》先生の『ラブコメ魔法』の時、俺が君影の笑顔を嘘臭《うそ》いと感じた理由が。

目だ。

あの時は、死んでいた。

いや、あの時だけじゃない……

俺は、今までにたくさんの君影の笑顔を見てきた。

いつも微笑みを絶やさない彼女のそれを、数え切れない程。

思い返してみれば……その全てが偽物だったように感じられる。

今、俺に向けられている生きた笑顔……生きた瞳の輝きに比べれば。

この瞬間、俺の目の前に立っているこの少女こそが、本物の君影静だ。

そう、確信できるような笑顔だった。

「それじゃあ、『告白』しますね……えへへ」

な、なんだ……これっ……

更に続いた君影のその笑顔は、とてつもない衝撃を伴って、俺の胸を貫いた。

こ、この感覚……どこかで味わった事があるような——

「赤城さん」

おっと、そんな事を考えてる場合じゃない。
君影の『告白』が始まろうとしている。
彼女の覚悟に対して、最大限の誠意をもって、それを聞かなければ失礼だ。
俺は、君影の目を見据えた。
彼女も黙って、視線を返してくる。
その瞳は、力強く、美しく、光り輝いていた。
綺麗《きれい》だ……
心の底からそう思った。
そして君影は、言葉を発する前にその瞳を――
思いっっっっっっっっっっっっっっきり、逸《そ》らした。
「あ、あのあのあのその大我君わたわた私じじじじ実はははわわわわわわあああ」
「…………………………ん？」

エピローグ

「最っ低！　私達の事、騙《だま》してたんだ」

「ご、ごご、ごめんなさいっ……わ、私――」

「うっわ……私達、こんなどん臭い子に憧れてた訳？」

「あ、あうう……」

「私、なんで御前《ごぜん》とか呼んでたんだろ……サムッ！　自分が信じられないわー」

「ほ、ほんとにごめんね……私が嘘ついてたばっかりに……」

「いやもう嘘とかそういうレベルじゃないから。詐欺だよ詐欺！」

「は、反省……して……ます」

「そんな口だけの謝罪はいらないの。私達が過ごした無駄な時間を、どうしてくれんのってハナシ」

「そ、それはもう償いようがないけど……これからちょっとずつ返すから……だから、今までと同じように仲良くしてくれると……」

「はあ？　なにアンタ、もしかしてまだ私達と絡めると思ってんの？」

「だ、だって……お友達だし……」

「アハハ！　ウケる！　そう思ってたのアンタだけだよ。『君影静《きみかげしずか》』と交流があるっていうだけでステータスになるから、仕方無くヨイショしてただけだっての」

「そ、そんな……」

「そうそう。だから、こんなだって分かったら、もう何の用もないの。みんな、行こ行こ」

「ま、待って……お願いだから待ってよぉ……」

　以上が、俺が想定していた最悪のシナリオだ。

　だが、現実は――

「最っ高！　あはは！　マジ最高！」

「や、やめてよぉ……」

「無理無理。だって静ちゃんのほっぺ、こんなにふにふになんだもん！　チョー気持ちいい！」

「あ、あうう……」

「私、なんで御前とか呼んでたんだろ……自分が信じらんないわー。こんなにかわいいのにありえないでしょ！　ていうか私にも静ちゃん触らせてよー」

「ひ、ひっぱらないでぇ……」

「ていうか、『静ちゃん』だと、なんか某お風呂の子みたいだから、呼び方変えない？　……静キュンとか」

「あ、あの……普通に君影さんの方が……」

「あ、それいーね！　静キュンで行こう！」

「ま、まあ、みんながそれでいいなら……」

「ねーねー静キュン！　そろそろ目ぇ合わせてくれないかなー」

「ご、ごめん……それはちょっと無理かも……」

「ふっふーん。じゃあみんなで囲んでじーっと見つめたらどうなるのかなー」

「ひっ！」

「か、かわいーっ！　プルプルして小動物みたい」

「ちょっと、その辺にしときなよ。静キュン、みんなあなたのかわいさに中《あ》てられて暴走気味だから、嫌な事はちゃんと嫌って言ってね」

「い、嫌だなんてそんな……騙してた私と、お話ししてくれるだけでもありがたいのに……ほ、ほんとにごめんね、みんな……」

「け、健気《けなげ》えええええええええええっ！」

「ほ、ほっぺスリスリしないでぇぇ」

「……アンタが一番暴走してんじゃん」

　この上ない程の大人気&猫かわいがりだった。

　君影が素をさらけ出した事で、幻滅して去って行った親衛隊のメンバーも少なからずいる。

　だが、それを軽く上回る勢いで、新たな信者が——いや、友達が、君影の周りに集まってきていた。

　よかった……本当によかった。

　胸を撫《な》で下《お》ろすと同時に、罪悪感が襲ってくる。

　皆が君影をもみくちゃに愛《め》でる中、一歩引いてそれを見守っているメンバーに声を掛ける。

「伊藤《いとう》……」

「ん？　どうしたの、赤城君《あかぎ》」

「すまん……俺、お前達が君影に冷たい態度を取るんじゃないかと思ってた」

「それ、私に直接言っちゃうんだ……赤城君って馬鹿正直だね」

伊藤は、ちょっと呆《あき》れたように笑った。

「まあでも、そんな人だから、彼女が自分をさらけ出せたのかもしれないね」

そういうもんだろうか？　まあでも、君影が仮面を脱ぐ手伝いができたのならなによりだ。

「――でもね」

そこで、友好的だった伊藤の雰囲気が一変する。

「私達の静キュンに手を出したら……許さないよ？」

瞳孔……瞳孔開いてますよ、伊藤さん。

この辺の常軌を逸した感じは前と変わらない……いや、下手をすると前よりも酷《ひど》くなってんじゃないかコレ……

「まあでも、赤城君には本当に感謝してるよ。ありがとね」

そしてまた笑顔に戻った伊藤は、みんなの輪の中に入っていった。

「私！　次は私が静キュンを愛でる番だからああああああああっ！」

……当初抱いていた懸念は全く無くなったが、今度は君影の身体《からだ》が保《も》つかどうかが心配だな……

「た、大我《たいが》さん、大変です！」

そこで、後ろから切迫した感じの声が。

「どうした、ピュアリィ」

「あ、あそこ……見てください、木の上です」

作業服を身に纏《まと》ったピュアリィが指差した先に、視線を向けると——

「な、なんだあれ……」

メイドだ……木の上にメイドさんがいた。

一瞬、見間違いかとも思ったが……いる。

たしかに木の上に、メイド服の女性が存在した。

その視線は、友達にもみくちゃにされる君影に注がれていた。

「ど、どうします……警備員さんに報告しますか？」

「よかったな、静……よかったなあああああ」

「……いや、なんか君影の関係者っぽいから、そっとしておいてあげよう」

なんか感極まった感じでむせび泣いてるし……

「そ、そうですね……明らかに静さんの味方ですよね、あの反応は……」

その様子からして、彼女もずっと、君影が本来の姿を隠している事に気を揉《も》んでいたんだろう。

「でも、本当によかったですね。静さんが自然な姿になった事で、皆さんに、より笑顔が増えました。もちろん、静さん本人もですが」

「ああ、そうだな……」

「ん？　なんですか、大我さん。その微妙な反応は？」

「あ、いや、違うんだ。俺もめっちゃ嬉《うれ》しいと思ってるんだけど……ちょっとモヤモヤしてる事があってだな」

「モヤモヤ？」

「ああ、君影の事なんだけど――」

「……ちょっと待ってください」

「ん？　どうした？」

「話を遮って申し訳ないんですが、この流れ……なんか既視感というか、嫌な予感というか……」

「どういう事だ？」

「い、いえ、気のせいかもしれませんので、続けてください」

「ああ。君影が俺に、本当の自分を告白してくれた時の事なんだが――」

目だ。

あの時は、死んでいた。

いや、あの時だけじゃない……

俺は、今までにたくさんの君影の笑顔を見てきた。

いつも微笑《ほほえ》みを絶やさない彼女のそれを、数え切れない程。

思い返してみれば……その全てが偽物だったように感じられる。

今、俺に向けられている生きた笑顔……生きた瞳の輝きに比べれば。

この瞬間、俺の目の前に立っているこの少女こそが、本物の君影静だ。

そう、確信できるような笑顔だった。

「それじゃあ、『告白』しますね……えへへ」

な、なんだ……これっ……

更に続いた君影のその笑顔は、とてつもない衝撃を伴って、俺の胸を貫いた。

こ、この感覚……どこかで味わった事があるような――

俺は、その時の心情をピュアリィに説明していた。

「――っていうような事があったんだが……ん、どうしたピュアリィ、そんな額に手を当てて空を見上げて」

「い、嫌な予感がここまで的中するとは……」

「嫌な予感ってなんだよ？　俺は、その時の事を考えるとずっとモヤモヤするから、この気持ちがなんなのか相談したくてだな――」

「恋ですよ恋！　なんかもうめんど臭いから結論だけ言っちゃいますけど、それは恋！」

「わははっ！」

「また笑っちゃったよこの人！」

「いや、そりゃ笑うだろ。お前の理論が正しいとすると、俺はシフォンと君影、両方好きになっちゃったクズ野郎じゃんか」

「クズ野郎なんですよ！　無自覚の！」

「いや、だってお前、今の俺、なんか胸が締め付けられるような感じで、妙に切ないといかもどかし――」

「もうそのくだりいらないですよ！　悲しいまでにシフォンさんの時と同じじゃないですか！」

「そう、だからこの気持ち悪さの正体を知りた――」

「だから恋だっつってんだろ！」

また興奮して口が悪くなってる……

「た、大我さん……今の私には、もうあなたにかけてあげられる言葉がありません……どうすればいいのか、ちょっと考える時間をください」

そう言い残したピュアリィは、疲労困憊《ひろうこんぱい》といった感じで、頭を抱えながらフラフラと歩いて行ってしまった。

変な奴《やつ》……言ってる事もてんで的外れだし……ま、ピュアリィだから仕方無いか。

「あ、あの……」

そこで、遠慮がちな声がかけられる。

「お、君影か」

モジモジと、落ち着かない感じの君影……まだちょっと慣れないな。

「友達の方はもういいのか？」

「あ、うん、ちょっと時間もらったから大丈夫」

それを聞いた俺は、何気なく視線を親衛隊の方に向け――

「うっ……」

俺に対する皆様の視線は全然大丈夫じゃないんですが……

敵意……いや、殺意と呼んでしまっても差し支えないようなものが、俺に突き刺さる。

やっぱりどう考えても君影愛がグレードアップしてる……

「……で、どうしたんだ、わざわざ抜け出して」

あんまり長い間話してると、後で何をされるか分かったもんじゃない。早く用件を聞き出さなくては。

「あ、あの……改めて、お礼を言おうと思って」

「お礼？」

「う、うん……大我君のおかげで、私はこの姿をみんなに見せる事ができたから……ほんとにありがとう」

「まあ俺、ほとんど何もしてないけどな。君影が自分で頑張っただけだろ」

「そ、そんな事ないよ……大我君がいなかったら私、一生あの擬態をしたままだったかもしれないから。それと……」

「それと？」

「私の事、嫌わないでいてくれて、ありがとう」

「何言ってんだよ、そんなの当たり前だろ。俺が君影の事を嫌う訳ない。むしろ――」

そこで俺は、はっ、となって言葉を止める。

後半はほとんど無意識に喋《しゃべ》ってたけど……今、なんて続けようとした？

「むしろ？」

「い、いやなんでもない」

なぜだか、顔が熱くなり、思わず君影から視線を逸《そ》らしてしまう。

彼女は元から目を合わせていないので、お互いにそっぽを向くような形になる。

「大我君？　どうしたの？　なんだか顔が赤いみたいだけど……大丈夫？」

直視せずとも俺の様子は分かるらしく、君影が心配そうな声を上げる。

「だ、大丈夫だ……マジでなんでもないから」

俺は深呼吸を繰り返し、気持ちを落ち着ける。

よし……大丈夫だ。顔の熱も戻ったし、普通に君影に視線を向ける事もできる。

なんであんな事になったのかは、後でゆっくり考えるとして――

「なあ、君影」

「な、なに？」

視線、で思い出した。君影に会ったら言おうと思ってた事があったんだ。

「折角《せっかく》本当の自分を出せるようになったんだから、俺の目を見て話してみないか？」

「うええっ！　そ、それはちょっと無理だよぉ……」

そう言って身を縮こまらせる君影。

無理もない。君影の話では、家族同然の人の目すら、まともに見られないという事だったから。

焦らず、少しずつ改善していく道もあると思う。

でも、これはチャンスだ。

君影は勇気を出して、本当の自分をさらけ出した。

この勢いに乗れば、またワンステップ先に進めるんじゃないだろうか。

「いきなり直視とは言わない。ちょっとでいいんだ。ちょっと見るだけでも頑張ってみないか？」

「う、うん……大我君がそう言うなら……」

君影はそっと……そーっと、視線を上げていったが——

「だ、駄目……やっぱりできないよぉ……」

やっぱり難しいか……まあ、あんまり強要しすぎても逆効果かもしれないしな。

「あっ……」

「どうした？」

「あ、あの……もしかしたら、できるかもしれない」

「え？」

「ちょっとずるいかもしれないけど、あの方法を使えば……」

あの方法？

「あれなら……大我君の目を見てお話しできるはず」

言葉自体は控えめであるものの、君影はなにやら確信めいたものを抱いている様子。

「何か思いついたんなら、試してみてくれ」

「う、うん……あ、誤解されないように言っておくね。元に戻る訳じゃないから……本当の私のまま、力を借りるだけだから」

よく意味の分からない事を口走りながら、深呼吸を繰り返す。

「すう……はあ……すう……はああ……」

そして、

「大我君、改めて言うね……今回は、私を助けてくれて――」

俺の目をしっかりと見据えて、言い切った。

「ありがチ○コざいましたっ！」

「だったら目ぇ逸らしたままでいいですけど！」

あとがき

この本には『チン○サック』という単語がたくさんでてきます。

今でこそ危険な箇所が伏せ字になっていますが、当初の段階では単語の前半部分ではなく、後半の方が伏せられていました。『サッ○』とか『○ック』とかいう具合に。

ところが校正さんに、伏せ字の位置ご調整ください（訳　直せゴルァ）と言われてしまいました。

……でもちょっと待って下さいよ。この指摘には簡単に従う訳にはいきません。

これが【『チン○』と『サック』】だったら分かります。『チン○』は『チン○』、『サック』は『サック』という独立した単語になっていますから、『チン○』部分を伏せろと言われるのは当然です。

ですが、今回はそれとは事情が異なります。問題となっているのは『チン○サック』です。これは『チン○サック』という一つの卑猥《ひわい》な単語です。

伏せ字とは、問題のある単語の一部分を隠して、出版コードをクリアする為《ため》のものです。『チン○サック』は六文字が揃《そろ》って初めてエッチな言葉として成立するものであり、その中の一文字でも隠されていれば、それはもう卑猥でもなんでもありません。

つまり、『チン○サック』という風に前半部分が隠されていなくても、後半が『サッ○』や『○ック』になっていれば、前半がモロ出しでも全く問題はない筈《はず》なのです。

賢明なる読者の皆様であれば、この完璧な理論に納得していただけるかと思います。

僕は全く納得できないので、大人しく『チン○サック』に直して謝辞に移ります。

担当Oさん。電話で『チン○サック』『チン○サック』連呼させてごめんね。

イラストを担当していただきました、悠理《ゆうり》なゆたさん。

まさか、『君影《きみかげ》メタルギ○』をカラーで描いていただけるとは思いませんでした。感無量です。次は『大我《たいが》チン○サック』を是非ともお願いします。

本書の出版・流通・販売の過程においてご尽力いただきました全ての方々に感謝を。

そして、読者の皆様に一番の感謝を。

実は今、別企画が動いておりまして、もしかしたら次に出版されるのはそちらの作品になるかもしれません。

またお目にかかれるのを楽しみにしております。

二〇二〇年　一月　春日部《かすかべ》タ○ル

このあと滅茶苦茶《めちゃくちゃ》ラブコメした2

私《わたし》とラブコメしたいんですか？　ふふ、お断《ことわ》りしますね

著　春日部《かすかべ》タケル

角川スニーカー文庫　22063

2020年3月1日　初版発行

発行者　三坂泰二

発　行　株式会社KADOKAWA
〒102-8177 東京都千代田区富士見2-13-3
電話　0570-002-301（ナビダイヤル）

印刷所　旭印刷株式会社
製本所　株式会社ビルディング・ブックセンター

Printed in Japan　ISBN 978-4-04-108732-9　C0193

★ご意見、ご感想をお送りください★

〒102-8177 東京都千代田区富士見 2-13-3
株式会社KADOKAWA　角川スニーカー文庫編集部気付
「春日部タケル」先生
「悠理なゆた」先生